U0607884

岁月回望集

王争亚 著

河南文艺出版社
·郑州·

图书在版编目(CIP)数据

岁月回望集/王争亚著. —郑州:河南文艺出版社,2020.2(2022.5 重印)

ISBN 978-7-5559-0946-0

Ⅰ.①岁… Ⅱ.①王… Ⅲ.①散文集-中国-当代 Ⅳ.①I267

中国版本图书馆 CIP 数据核字(2020)第 007765 号

出版发行　河南文艺出版社
本社地址　郑州市郑东新区祥盛街 27 号 C 座 5 楼
邮政编码　450018
承印单位　河南龙华印务有限公司
经销单位　新华书店
纸张规格　700 毫米×1000 毫米　1/16
印　　张　8.5
字　　数　97 000
版　　次　2020 年 2 月第 1 版
印　　次　2022 年 5 月第 2 次印刷
定　　价　50.00 元

版权所有　盗版必究
图书如有印装错误,请寄回印厂调换。
印厂地址　河南省获嘉县亢村镇纬七路 4 号
电　　话　0373-6308298

写在前面的话

　　回望逝去的岁月，或许有多种方式：有的人会在静谧的环境中，独自一人，让随风的往事以过电影的形式在脑海中重现；有的人会面对一二知己，敞开心扉，倾诉此生一路走来的经年往事；也有的人会在同学、同事或战友聚会的场合，神情飞扬、绘声绘色地描述彼此共同经历过的校园生活、单位往事或军旅生涯……而我则是以这部拉拉杂杂的集子，对自己几十年生活中的一些印象深刻且有意义的所见所闻作些回顾。基于此，集子便取名为《岁月回望集》。

　　《岁月回望集》的确经过了时光的沉淀和打磨，从集子中第一篇文稿写成到最终出版，前后大体经历了二十个年头。

　　回首往事，二十多年前，我在解放军某部政治机关工作。政治机关工作的特殊性和文秘性使我与写作结下了不解之缘。处在富有理想和追求的年龄段，还算勤奋的我，在工作之余，逐渐积累了不少对当时工作和生活的文字记录和点滴感悟。

2007年，怀着十分留恋的心情，我脱去穿了35年的国防绿戎装，由军队转业至河南省环境保护局（现为河南省生态环境厅）工作，由此实现人生之中一次重要而又特殊的转折。曾经的共和国卫士转岗为环保卫士，角色、身份变了，工作性质变了，但喜欢"爬格子"的习惯却没有变——"爬格子"是对过去在方格稿纸上写文章的一种形象化比喻，现如今我亦早已与时俱进地由"爬格子"改为敲键盘了。从事环保工作的8年间，在做好本职工作的同时，"本性难移"的我依然笔耕不辍，写下不少文章。包括退休后的赋闲岁月，写作始终是我生活的一部分。

诚然，当初留下文字记录，自己并未想到日后要结集出版。然而随着年龄的增长，怀旧情结日趋浓重，我忽然发现，这些记录着我步入中年之后人生足迹的文稿，居然可以真实而又生动地让如烟往事重新回放在自己眼前。于是，为了让弥足珍贵的记忆不再失去，将散见于各类报纸、刊物之上的文稿编辑归类成书，让"碎片化"的文章变为一体化的文集，成了我一直以来的心愿。

2014年，年届60岁的我正式退休赋闲。退休就意味着有更多时间可以做自己喜欢的事。于是，我开启尘封已久的报刊剪贴本，开始着手整理往日曾发表过的旧文陈篇。目睹那些纸张已经泛黄但记录着我当年心路历程的一篇篇文章，我的思绪不由自主地越过时光隧道，回到当初那一段段激情燃烧的岁月……

当然，编入此集子的内容也不全是陈芝麻、烂谷子之类的旧文，其中有近三分之一的文章是近些年陆陆续续写成或发表的。我认为，人一生的岁月也如同一条流淌不息的河流，过去与未来的衔接就如同河流的上、下游之间的关系，它们相互依存，彼此交融，不能切割，无法分开。如此说来，集子中无论旧文还是新篇，也就有了各自存在的理由和相互联系的逻辑关系。

我认为，散文最能抒发作者内心的真情实感，所以集子中的每一篇文章，在落笔之初，我都是带着一份充沛而又真挚的情感去写的。然而由于自己文笔笨拙，故收录其中的一部分文章离真正意义上的散文恐还有不小的差距。唯愿本人的这份写作初心能为读者朋友们所体悟、所接受。

回望的目的是为了展望，而展望无疑是面向未来的。人生之旅，无论未来的路还有多长，展望都是必不可少的。否则，人生前行之路将会失去方向。写完这篇文字，2018年的日历也只剩下最后一页了。这本对往昔峥嵘岁月深情回望的集子，应该可以作为我对新年的一份祝福和期许，当然亦可成为我展望未来的一个新的起点。

2018年岁末写于郑州

目录

心香一瓣

亲近自然

红色之旅

边关纪事

心香一瓣

人生最曼妙的风景，莫过于留在记忆之中对昔日往事那份难以忘怀、挥之不去的深刻印象。多少年之后，当你重新打开这份珍藏于内心的美好记忆，曾经有过的感动会被再次唤起。由此，内心深处一股淡雅、清奇的幽香亦会随之氤氲弥漫开来……

怀想放映员的岁月

20世纪70年代，我曾在部队当了6年电影放映员。如今，时光虽已匆匆流逝了40多年，但回想起那段当放映员的激情岁月，仍觉是那样美好，心中依然充满对往日时光的无限留恋。

那时我所在的部队，大体上是一个专业技术含量不高的步兵团。战士们成天就是操枪弄炮、摸爬滚打。相比之下，能操作电影放映机的放映员应该是一个人人都非常羡慕的技术兵种了。当时部队挑选放映员的要求是非常苛刻的，从事这项工作的人员不仅要具备无线电方面的基础知识，还要能写会画，而且还要会讲普通话，会教唱歌曲。高中毕业的我，物理方面的基础知识还算可以，加之学生时代我曾是学校的文艺骨干，有了这样一些所谓的特长，我幸运地于1974年9月从"两眼一睁，忙到熄灯"的步兵连队奉调至工作、生活条件都相对优越的团电影组，当上了电影放映员。回想当年接到通知那一刻激动和兴奋的心情，至今我记忆犹新。一个两千多人的步兵团，我能成为千里挑一的幸运儿，该是一件多么不容易的事啊！

20世纪70年代初，是个百花凋零、万马齐喑的时期，军队文化生活极为枯燥，可以说，看电影几乎是当时部队近乎奢侈的一种娱乐方式，基层官兵只要一听说晚上要放电影，大家就像过节一样兴奋。因为电影都是露天放映，现场没有座椅，所以晚饭之后，战士们会早早地打起背包，等待连队值班员吹响集合哨声。时间一到，各连队喊着嘹亮的番号，迈着整齐的步伐，行进至电影放映场地。然后，就在背包这个"软席座位"上看完一场电影。

当时，所放映的影片大体分为三类：一类是红极一时的八部样板戏。由于多次放映，再加之听广播的缘故，到后来戏中几乎所有的唱段我都能哼上几句。第二类是"老三战"，即《地道战》《地雷战》《南征北战》。第三类是"文革"后期拍摄的一些影片，如《艳阳天》《金光大道》《春苗》《第二个春天》《青松岭》《闪闪的红星》等。每次放映正片之前，一般都要加映一部由中央新闻纪录电影制片厂拍摄的新闻纪录片，其内容大体相当于今天中央电视台的《新闻联播》吧。那时的新闻可不像现在的电视新闻，如今全世界任何地方发生任何重大事件，当天的电视新闻可以在第一时间向全球播发。而那时的新闻纪录片记录的大都是几个月之前，甚至是半年之前发生的事情。比如，毛泽东主席会见外宾的新闻纪录片，大体是两三个月之前发生的事情。说是新闻纪录片，实际都是一些旧闻而已。

1976年以后，一大批优秀影片逐步解禁，《早春二月》《青春之歌》《家》《铁道游击队》《野火春风斗古城》，以及经典歌剧片《江姐》《洪湖赤卫队》等纷纷重新回归银幕，再加上当时新拍摄的一些故事片，曾经沉寂的大银幕上终于迎来春天。

我清楚地记得，当时只要晚上有放映任务，那一天我就会格外忙碌，从上午骑着自行车到10余公里之外的火车站取回影片（那时部队之间主要是通过铁路传递影片），到影片取回之后的检片、倒片，再到对放映机的维护，我总是一丝不苟地做好每一件事情，生怕因某个环节疏忽而影响晚上的放映。那时，中国电力供应短缺，我们部队所在的豫南地区经常停电，因而自备小型发电机也是必不可少的。然后，还要制作反映本部队中心工作和连队生活的幻灯片。别看这些幻灯片制作的艺术水准不高，但由于贴近部队生活，因而很受战士们的欢迎。如果有教歌的任务，我还要把教唱的歌曲熟悉多遍，直到唱准唱熟为止。当然，那个年代，也没有什么特别难唱的歌曲，主要是《我是一个兵》《打靶归来》《大刀歌》《三大纪律八项注意》等传统老歌。

放映员说是个技术活，实际上还是个力气活。因为那时都是流动放映，每次有放映任务，都要把大大小小十来件器械来来回回搬运两遍。尤其是那台重100多斤的发电机，从老式解放牌大卡车的后车厢里搬上搬下，还真不是一件容易的事情。虽说苦点、累点，但一想到能给战士们带来欢乐，我的内心总是感到特别欣慰。

1976年和1977年，我所在的部队赴湖北沉湖农场执行军农生产任务，放映条件无疑要比营区艰苦得多。整个农场区域很大，部队都是以营为单位相对集中居住。营与营之间的距离一般都是十几公里甚至更远，放映都是以营为单位组织的。过去在营区只需放映一场的影片到农场则要放映三到四场，因此增加了不少工作量。那时农场的道路全都是土路，坑坑洼洼，泥泞不堪。尤其是雨后，汽车行驶很容易打滑，有时还会陷入泥潭之中。所以接送我们往返的交通工具一般都是农场的拖拉机。途中颠簸得厉害，为防止损坏机器，我和同行的两名放映员都会把相对精密一些的设备抱在怀里。那时，露天放映最担心的是下雨，一旦遇到下雨，我们首先护好放映机。只要放映机不受损，即便全身淋透，也乐在其中。

感谢放映员这个职业，因为它，我人生的轨迹和命运发生了重大改变。可以肯定地说，如果我当年没有调入团电影组，那么我早就退伍回乡了。因为当上了放映员，当然还有自身的努力，我最终得以提干直至走上师职领导岗位。35年的军旅人生，给我留下了许多美好回忆。而6年的军旅放映生涯更是我人生岁月中一段难忘的记忆。

时光荏苒，岁月如梭，转眼我已步入耳顺之年。屈指算来，自己离开放映员的岗位已36年之久。但放映生涯之中所发生、所经历的一切，至今还会像一部部老电影一样，时常在我脑海里回放。我想，如果时光可以倒流，如果让我回到过去再做一次人生选择，我还会无怨无悔地选择放映员这个再普通不过的职业。

"王者之香"话幽兰

兰花有"香祖"之誉，据说中国兰文化的奠基人孔子说过："夫兰当为王者香，今乃独茂，与众草为伍。"将兰称为"王者之香"，我以为恰如其分、实不为过。

兰作为花中"四君子"之一，幽雅而又空灵，淡泊而又超然。香气清奇却不事张扬的品格，使我对其有特殊的钟爱与喜好。

小时候，每年仲春时节，母亲总会从集贸市场上买回几株含苞欲放的兰草，种在小院里。用不了几天，乳黄色的花苞便优雅地绽开了。之后的十余天，整座小院便会弥漫着沁人心脾的幽香。在我的印象中，兰花的那种淡雅而又清奇的独特香味，是其他花香都望尘莫及的。以至于今日回味起来，依然是那样让人留恋。据说，很多人试图仿照兰花的香型制作香水，但至今未能如愿。看来，兰花的香不是随便可以复制的。难怪大文豪苏东坡曾赋诗赞誉："春兰如美人，不采羞自献。时闻风露香，蓬艾深不见。"

18岁那年，我参军到了部队，紧张艰苦的军营生活当然不会允许我去摆弄花花草草。家人知道我喜欢兰花，抑或是为了缓解我的思乡之情，便在花开时节摘上几朵，夹在信里寄给我。几经辗转，收到信时，细嫩的花瓣已经压瘪甚至干枯，但即便如此，兰花依然散发着阵阵幽香。每每及此，我便会想起老家小院落中那几株香溢四邻的兰草。

20世纪80年代，我由基层连队调至机关工作，恰巧部队驻地在豫南大别山区，气候环境很适合兰草生长。于是每年春季我都要到附近的山上，挖上几株，种在花盆里，之后便急切地期盼它早日张开馨香的花瓣。现在回想起来，那时涉世不深的我，之所以喜欢兰花，多半是因为被它那含蓄而又内敛的清香所陶醉，而对兰所隐喻的文化精神以及对人们性情品格的陶冶则并无多少了解。

兰花的品种非常多，春兰、蕙兰、墨兰、建兰、寒兰等。每种兰花的开花季节和花期都不尽相同，墨兰春季开花，又称报岁兰。之后是春兰。蕙兰又称夏蕙，在四五月间开花。四季兰的花期从七月一直延续到十月。寒兰则在十二月开放。兰花的香气时有时无，若隐若现，含蓄内敛，欲说还休，是一种非常东方的审美格调。兰花品种众多，但有一个共同特点，那就是自强不息、清华其外，淡泊其中，不作媚世之态。正如朱德元帅在一首题为《咏兰》的诗中写道："幽兰吐秀乔林下，仍自盘根众草傍。纵使无人见欣赏，依然得地自含芳。"千百年来，兰之所以为文人所钟爱，正是缘于人们对这种审美人格、境界的神往。如今社会，有些人心浮气躁，追名逐利，甚至做出一些突破道德底线的事。而养兰或许能够修身养性，陶冶情操，戒除杂念，让日渐浮躁的心逐步归于宁静与恬淡。

兰不仅能够体现高尚的人文品格精神，还是众多美好事物的象征。好友被称为兰友，好文章被称为兰章，好的气质被称为兰仪，戏剧舞台上的经典手势被称为兰花指……总之，兰的那种与生俱来的气质是任何一种花草抑或其他植物所不能媲美的。

多少年后，我从豫南山区的军营转业至省城工作。岁月流逝，光阴荏苒，但我对兰的情结一如既往。尤其是到环保部门工作之后，分管自然生态的我，对自然界的一草一木又融入了几分职业上的偏爱与情愫。于是每年春季，我都会托朋友从豫南山区捎来几株兰草。尽管北方的生长环境不如豫南山区，但兰草依然生机盎然，芬芳馥郁。

兰，给我的工作和生活带来了很多乐趣，我也从这草这花之中寻找到了诗一般的人生感悟。虽然，兰的那种淡泊超逸的品格，自己恐怕终身难以企及，但我会为之不懈追求。

秋日感怀

40年前一个秋风乍起的日子，我在毛泽东同志"知识青年到农村去，接受贫下中农再教育"的号召下，与成千上万的热血青年一道，义无反顾地离开了上海，来到江淮大地，激情满怀地投身到农村这个广阔天地。由此迈出了告别校门、踏向社会的第一步。

40年后初秋的一天，受组织委派，我从中原大地来到位于东海之滨的中国浦东干部学院，接受了一次不同寻常的教育。

同样是金色的秋季，同样是这座城市，同样是与校园有关的故事。这也许是历史的重演。

40年过去了，我已经从幼稚的青年学生成长为国家机关的公职人员。回首这40年的风雨人生，最大的遗憾莫过于没能接受系统的正规的高等教育。中学时，正值"文革"，学校的教学秩序极度混乱，我的初中生活几乎是在"停课闹革命"中度过。还算幸运的是，下乡刚一年多时间，国家即恢复了高中教育，总算有了一个相对稳定的学习环境。高中毕业之后，我把人生最宝贵的三十多载年华无怨无悔地献给了国防事业。在此期间，虽有过一年军事院校学习的经历，但那时所学的东西有很大的局限性，与我现在所从事的工作相距甚远。

也是在两年前的秋季，我怀着复杂而又留恋的心情，脱下穿了三十五个春秋的军装，成了一名环境保护工作者。对于有着三十多年军龄的我来说，绝对称得上是一名老兵；而对于刚刚从事才两年的环保工作来说，我又是一名不折不扣的新兵。从军人到环保人，两种角色之间似乎有着某种联系。当兵从戎，是捍卫国家主权的共和国卫士；转业地方，是美丽中国生态文明建设的环保卫士。正是在这不同与相同之间，我找到了不同社会职业之间的结合点就在于厚重的家国情怀。

中国有句古话："树挪死，人挪活。"面对角色的转换，新岗位的挑战，我内心迸发出学习新知识、提高能力的激情。

正因为有这样特殊的经历，我才格外珍视这来之不易的学习机会。尽管它只是一次不足一个月的培训，但它能够让我静下心来，真切地感受校园中的那份宁静。

学院地处上海浦东。上海是现代化的国际大都市，浦东是中国改革开放的热土，也是上海现代化建设的缩影。校园三面环水，环境优美，景色宜人。新颖独特的校园建筑无疑也是一道亮丽的风景。上海地处亚热带，气候温和湿润。时令虽已是仲秋，但校园里依然绿树成荫、芳草萋萋，丝毫看不到秋风落叶的萧瑟景象。唯独学院里那上百棵银杏树上结出的串串银杏果和桂花树散发的阵阵清香明白无误地告诉人们，秋天已经实实在在地来到了我们身边。漫步绿树之下、徜徉花香之中，使人心旷神怡、陶醉不已。

　　转眼间，离培训结束的日子不远了，一种留恋之情油然而生。都说秋天是收获的季节，对此我有了实际的感受。因为这次短暂的学习，我收获了知识，收获了友谊，收获了喜悦，更收获了金色秋天的无限美好。

写字人生

自古以来，国人对于汉字书写就极为重视。过去，能写一手好字，从某种意义上讲，就是有文化的人。现在看来，这一判断似乎失之偏颇。但它确实从一个侧面说明了写字在中国人心目中所占的分量。可以毫不夸张地说，中国人如此浓重的写字情结，是世界上任何一个民族都无法企及的。

回顾自己的人生岁月，似乎也与写字有着密不可分的联系。

上小学时，我特别羡慕班主任老师那手漂亮的粉笔字。因为班主任老师从事的是语文教学，所以他平时讲得最多的也是要我们热爱写字。也许是受了班主任老师的熏陶，我打小学开始，便对写字有着浓厚的兴趣。每天放学后，我都会趴在昏暗的灯光下，点竖横撇捺，认真完成老师布置的写字作业。那个时候，小学生写字都用铅笔，谁要是有一支钢笔，绝对是件值得炫耀的事儿。怀着某种期许，在我小学二年级时父亲给了我一支旧钢笔，这让我兴奋了好几天。当时学校不允许低年级学生使用钢笔，于是我只能每天晚上在家里用钢笔练习写字，初次使用钢笔的高兴劲儿至今我记忆犹新。

中学时代，正赶上"文革"，我所在学校的革命委员会有一个负责宣传的政工组，主要任务是编印小报以及写宣传标语。因为我有写美术字的基础，由此就被吸收进了政工组。现在回想起那段岁月，为了搞好宣传，学业没少耽误，但字写得确有长进。

1972年我参军入伍到了部队，在连队当战士期间，指导员见我字写得还不错，便把连队每周出一期黑板报的任务交给了我，并明确说，凡是有出黑板报任务，就可以不参加训练。从此我便享有每周一天因出黑板报而免受军事训练摸爬滚打之苦的特权。每当看到战友们训练归来，驻足观看经我精心编排、书写的新一期黑板报时，内心的自豪和成就感便会油然而生。

1974年9月，我由连队调至团电影组，当上了放映员。这千里挑一的机会能幸运地落在我的头上，当然也与写字有直接关系。在当放映员的几年里，除了完成放映任务外，写字就是一项经常性的工作。每逢团里有重大会议或活动，都要书写标语口号；每当部队执行重要任务，都要编辑刻写油印小报……总之，对于放映员而言，写字能力是必需的。除此而外，让我至今记忆犹新的就是经常为机关誊抄材料。那个年代没有打印机，领导讲话、总结报告、经验材料等长篇大论全靠手工作业。白天没有放映任务，因此常被机关的同志叫去抄材料。有时一抄就是一天，抄完之后手指酸疼得都伸不直。记忆中，自己当放映员的几年里，有相当一部分时间是在誊抄材料之中度过的。

20世纪70年代末，组织上将我由电影组调至连队任指导员，紧张艰苦的基层生活使我不由得滋生到机关工作的念头。那个时候，机关挑选干部的重要条件之一就是能够写一笔好字。或许还是因为我的字写得还算不错，当然也不排除我工作表现等其他方面的原因，师政治部于1981年2月下达了调我到组织科任干事的命令。之后若干年的军旅岁月里，以文字工作为主的写字生涯几乎伴随了我20多年的时光。那个年代，机关的同志都把写、抄材料为主的写字看成一件枯燥无味的工作，因而管这活计叫"爬格子"，言外之意这是个苦差事。而我却感到，写字给我的人生带来了无穷的乐趣，从某种意义上讲，是写字影响并改变了我的命运。正因为如此，一直以来我对因为电脑的普及而导致人们，尤其是年轻一代书写汉字能力的退化而始终不能释怀。出于一种难以割舍的情结，直到21世纪初期，我的写字方式才由手写改为电脑敲击。社会在发展，科技在进步，与时俱进地学习接受新事物乃时代潮流、大势所趋，我自然不能食古不化，排斥拒绝人类现代文明成果。日新月异的高科技使我们的生活和工作更加高效快捷。

如今，我已步入耳顺之年。回顾几十年的写字生涯，不禁对这横平竖直的方块字有了一些新的感悟。我常想，字是有生命的，古老的中国文字虽历经数千年，但现在看来，它依然是那么鲜活，那么富有生机；字又是有个性的，人们常说"字如其人"，不同禀性的人赋予了它不同的个性，就像世界上没有两片相同的树叶一样，世上肯定也很难找到两个写得一模一样的字；字更是有灵性的，你只有对它心存敬畏，倾心投入，"一点一画无假借，心摹手追不轻下"地对待它，它才会展现它那美丽身姿。

于是乎，我再次告诫自己，永远都不要随意对待祖先留给我们的这些神奇美妙的文字，更不要因为电脑的普及而放弃文字书写。

　　因为，写字的感觉真好！

享受剪报的乐趣

20世纪80年代初，我在部队师政治机关任组织干事。但凡在部队工作过的都知道，在组织部门工作，如果没有一定的文字功底，那是很难立住脚的。用当时组织科一位领导的话说，如果笔头不流水，就不是一名称职的机关干部。

我是从基层连队直接调入师机关的，可以想见，当时的我，文字水平与师一级政治机关的要求无疑是相差甚远。面对工作岗位的特殊要求以及周围同事过硬的文字功底，我暗下决心，一定要尽快提高自己的文字水平，以适应机关工作的需要。

提高写作水平，需要从多方面努力。除了多思、多写，还有一个很重要的方面就是要多看，看的内容之一就是别人写的文章，并从中受到启发。由此，阅读、剪贴他人的好文章便成了我多少年来一直保持的习惯。

当时科学技术尚不发达，获取信息资讯的主要渠道是广播和纸媒。因此要收集、保存刊登在各类报刊上的好文章，只有采取"开天窗"的办法——将自己看中的文章从报纸或杂志上剪下来，粘贴在本子上。在师机关工作的四年多时间里，我剪取收集的大大小小的文章达千余篇，装订成四大本厚厚的剪贴本。对于剪下来的这些文章，一有空我便翻阅，并对文章的主题思想、谋篇布局、遣词造句等方面细细品味和潜心琢磨，对于其中一些比较新颖的观点或词句我还特意用红笔标上记号。

学习借鉴别人文字成果的最终目的在于运用。我边干、边学、边实践，写作水平有了很大提高。这期间，我写的一些文章时常见诸报端。看到自己所写的文字变成铅字，内心的喜悦不言而喻。

20世纪80年代中期，我被调入集团军政治机关任党委秘书。文字任务更重了，要求也更高了。

党委秘书的工作非常繁杂，但即便工作再忙，我也不忘收集剪贴好文章。当时有人嘲笑我的这种做法过于原始落后，但我不为所动，依然坚持不懈。随着写作能力的逐步提升，渐渐对所剪贴的文章也有了新追求。如果说，剪贴之初所选择的文章内容大多是机关公文写作之类，那么后来我所剪贴文章的内容则更加注重思想性，体裁也拓展至评论、杂文、散文等。

"铁打的营盘流水的兵"，2007年，我转业到河南省环保部门工作。环境保护工作专业性强，对我而言无疑又是一个巨大的挑战。如何尽快掌握环境保护知识？除了阅读有关环境保护的专业书籍，我依然采取剪贴的老办法。《中国环境报》"应知"一栏中所刊载的文章融知识性、实用性、通俗性于一体，对于我这类半路出家的人来说尤其适用，于是，"应知"一栏内所刊登的文章我几乎是每篇必剪。在环保部门工作近八年的时间里，我积攒了厚厚几大本剪报，这些文章像是无声的老师，为我做好生态环保工作提供了帮助。

剪报如同沙里淘金，其手法固然原始，但不失为一种积累知识的有效方法。古人云："书到用时方恨少。"我认为，剪报可以弥补古人的这一缺憾。

如今，科技发达了，只要轻点鼠标，文章就可从网络上直接下载下来。但我对剪报依然情有独钟，乐此不疲。我执着地认为，从电脑上下载的文章不如从报纸上剪贴下来的文章看着舒服，闻着有味道。

如果说，过去剪报是因工作之需，那么退休后剪报则是一种生活乐趣，一种习惯使然。随着社会角色的转换，我剪贴的内容也由工作学习变为健康养生、休闲娱乐，剪报俨然已成为我退休生活的一部分。我想，只要条件允许，我会把这件事一直做下去。

耳畔又闻"指导员"

20世纪70年代末期，我在部队担任指导员。转眼之间，时光已经流逝近40年。尽管指导员的经历只有短短的两年时间，但这段岁月是那么令我难以忘怀。

在军队各级军官的序列里，指导员处在最基层。团政委朱阿龙常说："基础不牢，地动山摇。"当时的我，并不觉得指导员与"地动山摇"有多少联系。

作为指导员，我与战士们朝夕相处。清晨听着一个号声起床，白天踩着一个步伐训练，一日三餐在一个锅里搅勺子，野外驻训大家头挨着头挤在稻草铺成的地铺上。要说有什么不同，那就是我的军装上衣比战士们的多了两个口袋。

一个连队就像是一个大家庭，一百多号人就像是一群亲兄弟。指导员作为这个大家庭的家长，衣食住行、吃喝拉撒，样样都得过问，事事都得操心。炎炎夏日的晚上，要为战士们掖严蚊帐；

寒冷的冬夜，要帮睡觉不老实的战士盖实被子；野营拉练途中，要替体弱的战士扛枪；每逢节假日，要到炊事班帮厨……对战士们的关爱同样也换来了他们的信任，战士们遇到了难事、烦心事，哪怕是涉及个人隐私的事，都会找我倾诉。那个时候，"指导员，指导员……"的叫喊声终日在我耳畔回荡。

战士们的亲切呼唤，唤起了我的责任心。我由衷地感到，"指导员"不仅仅是一个简单的称谓，更是一份沉甸甸的责任。我应当把战士们给予我的信任化作对他们的关爱。其间，有一件事我至今记忆犹新。

我担任指导员时，正值改革开放之初，部队的生活非常枯燥，战士们除了每月看两场电影外，几乎没有其他娱乐方式。看着躺在草地上仰望星空的战士们，我不由得问自己，作为指导员，应该如何丰富战士们的生活呢？正巧此时，我家获得了一个购买电视机的指标（当时电视机凭票购买）。和家人商量之后，我决定把这个指标让出来。我清楚地记得，当电视机送来时，战士们无比兴奋。这台16英寸的黑白电视机，是当时全团仅有的一台电视机。

20世纪80年代初期，我被调至师政治机关工作。消息传出后，战士们纷纷向我表达依依不舍之情。记得去新单位报到的那一天，战士们争着送我去师部。为了不影响训练，连长丁国兴决定，每个排委派一名代表。从连队到师部约有3公里的路程，大家都希望时间过得慢点、再慢点，我们之间还有很多话没说完。在师部大门口与送行的战士道别时，我禁不住潸然泪下，内心有了从未有过的失落感。从此，我就再也听不到"指导员"这个亲切的称呼了。

我担任指导员时风华正茂，如今已过耳顺之年。人到这个年龄似乎更容易怀旧，期待与曾经一起摸爬滚打、同甘共苦的战友们重聚的念头一直萦绕在我的脑海之中。

昔日的战友组建了一个微信群，连长丁国兴顺理成章地当了群主，天南海北的战友们一下子拉近了距离。而大家在群里讨论最多的则是组织战友聚会。

其实，早在一年前，我与连长丁国兴就专程赴湖北作了考察，在湖北战友的支持下，确定翌年在湖北大冶举行老战友聚会，这是分别近四十年后我们的首次聚会。

2018年风和景明的初夏时节，我们原一七九团五连的80多位战友从全国各地赶来，相聚湖北大冶。

久别重逢，大家深情拥抱，彼此之间有太多太多的话要说……

"指导员，你退休几年啦？现在身体还好吧？"这是战友们问得最多的一句话，充满浓浓的关爱之情。

"指导员，你在连队时送给我的笔记本我至今还保留着。"通信员盛建明握着我的手说道。

"指导员，我教你吹萨克斯吧？"战友鄂来刚毛遂自荐要给我当管乐老师。

"指导员，这次军队改革，我们的老部队有变化吗？"虽然已经脱下军装几十年了，但大家心中依然装着老部队。

"指导员，指导员……"听着这久违的称呼，我似乎又回到了那个激情燃烧的岁月。35年的军旅生涯，其间，担任过指导员、科长、处长、主任、政委等多个职务，但我始终觉得，"指导员"这个称呼最珍贵、最亲切。

两天的聚会是短暂的，分别时，战友们反复叮嘱："指导员，今后你和连长一定还要组织战友聚会啊！"听着这满怀期待的话语，我的眼睛湿润了，我非常肯定地回答道："一定，一定还会再组织的。"

　　因为我还想再听战友们叫我一声——指导员。

重回军旅生涯的第一座军营

俗话说，"铁打的营盘流水的兵"。35年的军旅生涯，我曾辗转于多座军营。每座军营都风格不一，各具特色，给我印象最为深刻的无疑是从军路上的第一座军营。

20世纪70年代中期，遵照中央军委的移防命令，我恋恋不舍地惜别了军旅生涯中的第一座军营。2018年晚秋季节，时隔40多年后我又一次站在了这座令我魂牵梦萦的军营的大门口。当年，我穿着一身新军装来到这座军营门前时，正值18岁。而如今的我，已是两鬓染霜。

仰望着历经风雨依旧昂然挺立的团部大门，我思绪万千，尘封的记忆闸门瞬间被打开……

1972年11月，怀揣一腔热血，我登上了去往浙江的列车。经过两天两夜的颠簸之后，我们这批来自江淮大地的新兵蛋子到达了位于浙江某地的陆军第二十军六十师一七九团。我的军旅生涯由此开启。

这座军营占地约千亩，训练场位于营地的中心。训练场东西长、南北窄，两侧依次排列各连队的营房。训练场的最南端矗立着一座三层办公楼，是当时整个营区最高的建筑物，北头则是当时营地所有建筑物中堪称体量之最的大礼堂。作为一名电影放映员，我当兵生涯的最初两年都是在这座礼堂之中度过的，令人遗憾的是，这座承载了我青春理想的大礼堂早已被拆除了。

对于任何一个人来说，一生之中都会有无数的邂逅和遇见，但第一次或第一个无疑是刻骨铭心的。之所以如此，或许是因为人们对于第一次接触到的事物、人物会有一种本能的新鲜感。

我之所以对军旅生涯中的第一座军营记忆尤深，不仅是因为它给我留下了美好印象，更重要的还在于驻扎在这座军营里的这支部队有着辉煌的历史，它深刻地影响了我，感染了我，改变了我的人生。

一七九团的前身是老一辈无产阶级革命家谭震林、谭启龙领导的新四军浙东游击纵队，在抗日战争、解放战争、抗美援朝时期参加大大小小的战斗无数。和平年代，这支部队先后参加了1975年豫南地区抗洪抢险、1998年长江抗洪和2008年汶川抗震救灾等重大任务。在数十年的革命历程中，一七九团涌现出一大批英雄人物。

除了军事技术过硬，一七九团的文化建设也令人骄傲。当兵之初，老首长就告诉我们，在枪林弹雨的战争年代，很多战士的上衣口袋里都别着一支钢笔，干部战士既习武又习文的风气由此可见一斑。

老部队优良的红色基因对我的成长无疑起到了春风化雨、润物无声的作用，为我世界观、人生观、价值观的形成注入了正能量，使我终身受益。在一七九团期间，我入了党、提了干，并获得了军旅生涯之中的第一枚军功章。毫不夸张地说，老部队是我成长的摇篮，我由衷地感恩这座军营。

站在一七九团大门前，凝望着营门立柱上方鲜艳的红五星和"为人民服务"这五个大字，我心中升腾起一股磅礴的力量。

一位哲人说过："无论你走得再远，都不要忘记出发的地方。"是的，虽然眼前的这座军营很普通，但它已在我心中化作永恒。面对我曾经放飞青春梦想的老营院，我不想说再见。

做美丽中国的环保卫士

2007年，我转业至河南省环境保护局（现为河南省生态环境厅）工作。由此，人生角色经历了从"共和国卫士"到"环保卫士"的转型，工作性质也由保卫国家的和平到呵护美丽中国的自然环境的大跨度转换。

从军人到环保人，人生角色虽然不同，但都寄托着我厚重的家国情怀，注定"我和我的祖国，一刻也不能分割"。

投入生态环境保护事业的这十余年间，正值中国的生态环境保护处在一个机遇与挑战同在的重要历史时期。见证了我国环境保护事业不断取得新的发展和成就的同时，也目睹了国家及地方经济社会快速发展过程中所出现的诸多生态环境问题。

作为环保队伍中的一员，我不敢有半点儿懈怠，任职期间，与同事一道，全身心地投入环保一线，用辛勤的汗水守护着中原大地的绿水青山，也参与了诸多重大环保行动和急难险重任务。

其中，印象最为深刻的莫过于处置杞县利民辐照厂的卡源事件。

2009年6月7日，杞县利民辐照厂发生了钴－60放射源卡源的重大事件，其危害性和危险性是不言而喻的。放射源的贮存有着非常严格的规定，必须始终处在一种能够屏蔽射线的专门容器里或一定深度的水中。

此次卡源事件的直接原因系企业员工未严格执行操作规程，导致钴－60放射源无法降至放射源井内安全位置。卡源消息不胫而走，引发了群众恐慌，"杞人忧天"的历史典故演变成了现实版的"杞人忧钴"。

卡源事件引起各级部门的高度关注，党中央和国务院、环境保护部及省委、省政府领导均作出批示，要求尽快妥善处置，以确保环境的安全和人民群众的健康平安。根据厅主要领导的指派，我在事发后第一时间率厅内相关人员赶赴杞县，协助指导当地政府和企业开展处置工作。

在当时环境保护部的具体组织指导下，全体参与处置的人员经过几十个日日夜夜的艰苦奋战和不懈努力，在经历了辐照室货物自燃、进入辐照室探查的机器人被卡等困境后，西南科技大学专门为此次卡源事故量身定制的机器人终显神威，成功将放射源降入贮源井内。此时，已是2009年8月24日夜晚10时25分，这一刻，距卡源发生的时间整整过去了79天。

卡源事件处置成功，桀骜不驯的"老虎"重新被关进了笼子。过程虽然艰难曲折，但结果令人欣慰。尤其是周边的环境和人民群众的身体健康未受到任何影响。当地群众获悉处置成功的消息后，随即自发在现场燃放起鞭炮，以示庆贺。那一刻，我那颗悬了两个多月的心终于放下了。

说实在的，我加入环保这支队伍之初，对"环保卫士"这一称谓还缺乏深刻全面的认知。多年的工作经历，尤其此次一波三折的"卡源事件"的处置经历，我深感"环保卫士"的神圣与崇高，它的内涵是具体的，而不是抽象的，是丰满的，而不是空洞的。当然，更多还是感悟到了自己所从事的工作对守卫美丽自然环境、呵护人民群众生命健康的价值和意义所在。

　　退休后，组织上安排我到河南省环保联合会继续发挥余热。作为一名环保老兵，我豪情满怀，壮心不已，在环保社会组织的岗位上，将不忘初心，牢记使命，继续当好美丽中国的环保卫士。

亲近自然

自然之美、生态之美，催生了生态文学之美，正所谓『一切景语皆情语』。游走于大自然的山山水水之间，用手中的笔去描摹自然界生灵万物的千姿百态，唯有用心感悟自然界生灵万物的生命价值，生态文学才会充满诗意、充满灵性，才会生机盎然、活力迸发。

"吉祥之鸟"的中原新生

朱鹮，素有"东方宝石"之称，是东亚特有的一种鹮科鸟类。其凤冠长喙，红颊白羽的端庄容貌显得尤其富贵典雅，故国人向来视其为"吉祥之鸟"。在日本，朱鹮被皇室视为圣鸟。

据有关资料记载，在世界范围内，朱鹮过去曾广泛分布于俄罗斯、朝鲜、韩国、日本等地。在我国，包括河南在内的十多个省份亦曾是朱鹮繁衍生息地。

然而，由于受到人类生产生活的影响，加之朱鹮对生态环境变化缺乏较强的适应能力，导致这一物种数量急剧减少。自20世纪中叶起，朱鹮这一珍稀鸟种就逐渐在世界各地销声匿迹了。

为了拯救这一珍稀物种，相关国际组织和中国政府均做出了积极努力。目前，朱鹮已被列入世界自然保护联盟（IUCN）濒危物种红色名录和我国一级重点保护野生动物名录。

1981年5月，中国科学院动物研究所鸟类专家刘荫增在陕西省洋县八里关乡大店村姚家沟的山林中发现两个朱鹮的营巢地，七只朱鹮，其中四只成鹮、三只幼鹮。由此揭开了我国科研人员寻求朱鹮新生、扩大种群数量、实现野化放飞的序幕。经过20多年的不懈努力，2007年5月31日，在陕西省宁陕县寨沟村首次成功放飞了26只人工繁育的朱鹮。之后，又在陕西其他地方实施多次放飞。历经多年艰辛付出，目前我国的朱鹮种群数量已增加至2000余只。2014年5月，秦岭以北野化放飞的朱鹮成功孵化出第二代，这个曾经濒临灭绝的珍稀物种正逐步走向新生。

为解决朱鹮野外种群分布过于狭窄、对自然灾害和疫病抵御能力较低等问题，2004年，当时的国家林业局组织有关专家对信阳董寨国家级自然保护区及周围环境进行了实地考察和评估，认为该区域生态环境优越，气候温润，植被茂密，水田湿地、沟河浅滩广为分布，鱼虾泥鳅等鱼类资源丰富，适合朱鹮野外生存繁衍，是朱鹮理想的迁地保护和野化放归地。2005年，国家林业局在董寨保护区建立了朱鹮繁育基地。

2007年，国家林业局把17只朱鹮调到董寨自然保护区。经过保护区工作人员多年的辛勤努力，朱鹮的人工饲养繁育取得了可喜成绩。2008年，保护区成功繁育出5只幼鸟。2013年，董寨自然保护区内朱鹮的数量已达到128只。

人工繁育的成功并不是保护朱鹮的最终目的，让朱鹮重新回到大自然的怀抱，使这一物种得以自然延续才是保护区工作人员的真正意愿。

于是，朱鹮野化放飞便提上了日程。2012年，董寨自然保护区朱鹮繁育基地开工建设了一个占地2850平方米的大网笼。网笼内模拟了朱鹮野外生存的环境，设置了池塘、沼泽、河流等。

2013年3月，董寨自然保护区选择了34只身体健壮、亲缘关系相对较远的朱鹮放入大网笼，开展觅食、飞翔、繁殖和疫病抵御能力等方面的野化训练。经过半年多的适应性训练，这34只朱鹮满足了放飞条件和要求。

2013年10月10日上午10时许，34只丹顶白翼的朱鹮伸展双翅，飞向蓝天，青山绿水间留下了它们倩丽的身影。此次河南信阳大别山朱鹮放飞，是中国原产地以外的首次放飞，扩大了朱鹮野外种群分布范围。这是朱鹮拯救保护取得的又一重大进展，标志着中国拯救濒危物种迈入新的阶段。

朱鹮保护尽管取得了重大突破，但其并没有完全脱离灭绝的危险。随着环境问题的日益突出，朱鹮所面临的生存威胁依然很多，这就要求我们呵护好这片绿水青山，唯此，"吉祥之鸟"才能飞得更高，飞得更远。

【延伸阅读】截至2018年，董寨国家级自然保护区朱鹮繁育基地已分四批成功放飞朱鹮100只，野外自然繁殖85只，野外种群数量已达140多只，从而为河南大别山朱鹮种群的稳定和扩大提供了有力保障。

大河之畔的美丽仙客

摊开中国地图，你会发现，奔腾的黄河沿陕西与山西的省界由北向南在潼关与渭河交汇之后，随即作了一个90度的华丽转身，由西向东进入河南省的西大门——三门峡市。

三门峡市是1957年伴随着万里黄河第一坝——三门峡大坝的兴建而崛起的一座新兴城市，也是沿黄城市中距黄河最近的一座城市。当年的大坝建设者们怎么也料想不到，若干年之后，这座造福人类的"万里黄河第一坝"，无意间为当地人民带来了一份意外的惊喜。由于大坝冬季蓄水的缘故，每年都会在库区方圆数百平方公里的流域内，形成大片大片的湿地。这片湿地背风朝阳，是鸟类理想的冬季栖息地。

自20世纪80年代开始，每年都会有白天鹅来此过冬，从最初的几十只到后来的几百只，继而成千上万只。这些从遥远的西伯利亚飞来的美丽仙客，年复一年地与三门峡这座城市演绎着浪漫的"冬日恋歌"，也给当地民众带来喜悦与欢愉。

白天鹅每年冬天的如期而至，不仅提升了三门峡这座城市的生态品味，也使寒冬季节里萧瑟的大河有了诗意和灵动。

冬日阳光下，这些白色精灵或悠然自得划水前行，或曲颈闭目卧波小憩，或三五成群追逐嬉戏，或振翅击水引吭高歌。一群群天鹅，保持着整齐的队形在天空中飞翔、盘旋，那优美的姿态，令人赏心悦目。天鹅降落也很有趣，先避开密集的天鹅群，避免同伴受伤，然后张开翅膀减速滑翔，脚蹼也张开，快接近水面时身体前倾，双脚蹼接触水面，然后收翅滑行落稳。天鹅滑行时会溅起一长串水花，引得围观的人们发出阵阵惊呼。

这些年，出于对白天鹅的喜爱，带着一份执着的守望，一份特殊的情愫，每年冬季我都会驱车数百里赶赴三门峡，与远道而来的美丽仙客们约会，用心感受白天鹅与生俱来的高贵与优雅，用镜头记录白天鹅仪态万方的身姿与倩影。每次尽兴观赏完白天鹅之后，除了获得视觉上极大满足外，我常常还会产生一丝忧虑，联想到一些地方发生的伤害野生动物的现象，内心会不由自主地产生疑问，人类为什么不能与大自然的生灵万物和谐相处呢？

令人欣慰的是，三门峡市在野生动物保护方面交出了一份漂亮的答卷。20多年来，白天鹅深深眷恋着这片美丽的土地，每年冬季都会如约到来。与此同时，与天鹅有关的"摄影热""集邮热""文学创作热"已日渐成为当地人一种高雅的爱好，进而催生并形成了这座城市独有的天鹅文化和生态价值观。可以说，白天鹅已与三门峡紧紧地联系在一起。正因为如此，2010年初，三门峡市被中国野生动物保护协会命名为"中国大天鹅之乡"。

万里黄河第一坝，白衣仙客天上来。美丽的白天鹅，已经与三门峡这颗"黄河明珠"结下了不解之缘。

军营银杏树

在河南省信阳军分区民兵训练基地的院内，有两棵高大挺拔并排而立的银杏树。但凡到过这里的人，都会对这两棵树赞叹不已。一是因为这两棵树年代久远。据说，这两棵树已有近千年的树龄。历经战乱和灾害，依然焕发着勃勃生机。二是因为这两棵树高大无比。目测，这两棵树至少有30米高。树干粗壮，至少得三个成年人手拉手才能将其合抱。三是因为这两棵树雌雄异株，俨然是一对相濡以沫、相伴终生的恋人。

银杏是现存种子植物中最古老的孑遗植物，它与动物界的熊猫、恐龙为同时代的生物，所以又称"活化石"。第三纪末和第四纪初，北半球发生冰川巨变以后，这一孑遗的"活化石"仅在中国的局部地区生存下来。因此，中国是银杏的故乡。郭沫若先生更是极富想象力地把银杏比作"东方的圣者""中国人文明的有生命的纪念塔"。国人也历来尊崇银杏为"神树""圣树"。

因为工作关系，我经常出入这处训练基地，每次去都会对这两棵银杏树作一番观察。春暖花开时节，片片新叶嫩绿别致、玲珑奇特，极富情趣；夏天到来之时，满树的绿叶宛如一把把打开的折扇，遮挡住炙热的阳光，给人留下一片片阴凉；秋风乍起，深绿色的叶子渐渐变黄，白色的银杏果点缀其间；深秋到来，橙黄色的落叶随风飘落，仿佛给大地铺上了一层金色的地毯；隆冬季节，它们不畏严寒，依然枝丫坚挺。

训练基地负责绿化的老高告诉我，银杏之所以珍贵，不仅在于它的观赏价值、药用价值和食用价值，更在于它的生态价值和科研价值。银杏是优良的绿化树种，在调节空气、涵养水源、保持水土等方面起到了积极作用。说到它的科研价值，老高则更是如数家珍，他说银杏树的优良性是其他树种所不能比拟的，它的适应能力特别强。据说当年美国在日本广岛投下原子弹后，其他树木皆死，唯独银杏活了下来。

更令人称奇的是这两棵银杏树还通人性。一位在信阳军分区工作多年的领导告诉我：民兵训练基地建成之前，这两棵银杏树的周围是一片荒坡，几乎没有人来这里。据说当时这两棵银杏树生长得并不旺盛，果实也结得少。在建设训练基地的过程中，为了保护这两棵银杏树，他们在银杏树周围圈起了栅栏，并立了一块精致的标示牌，牌子上标注了这两棵银杏树的树龄以及用途和价值。出于对这两棵树的尊崇，有人还在树枝上系了红布条。训练基地建成后，过去的荒坡一下子热闹起来。凡是经过这里的人，都会驻足观赏。一些在基地工作的同志经常三五成群地围坐在树下品茶下棋。或许是人气旺了，近些年这两棵银杏树越发精神起来，果实结得也多了。树的兴旺与人气的提升有没有必然联系我不敢断言，但我相信，只要人与自然和谐相处，我们这个世界一定会变得更加美好，更加多姿多彩。人类只有倍加珍惜自己赖以生存的自然环境，大自然才会给善待它的人类以丰厚的馈赠和回报。

鸟之恋　人之情

　　罗山县，地处大别山北麓，淮河南岸。这里钟灵毓秀，山清水碧。在罗山县的董寨，有一处国家级鸟类自然保护区。多年来，该保护区在保护各种鸟类资源方面起到了积极的作用。然而本文所记述的却是发生在保护区外的有关人与鸟的故事

　　在罗山县县城以西约两公里处，有一条小河，名叫杜堰河。河两边是面积上百亩的水杉防护林，这片水杉林是20世纪70年代营造的，经过几十年的生长，当初的小树苗，如今已长成郁郁葱葱的参天大树。水杉笔直挺拔，具有很好的观赏性，因而，这一片水杉树林俨然已成为罗山县城一道天然的生态屏障和亮丽的风景。

　　在这片绿树浓荫之下，是一片浅滩湿地，湿地之中生长着水草和小鱼小虾等水生动植物。得天独厚的自然条件，为鹭鸶提供了一处优良的生存栖息地。自20世纪90年代初开始，每年3月下

旬，近万只鹭鸶都会不约而同地从南方飞来此地，筑巢垒窝，生儿育女。站在远处眺望，鹭鸶那洁白如雪的身影如珍珠般镶嵌在大片绿荫中，格外醒目。

鹭鸶的到来，为小城增添了几分诗意和灵动。听林涛阵阵，观鹭鸶点点，已成为许多罗山人生活中的一部分。为了留住鹭鸶美丽的瞬间，提高人们保护鸟类的意识，罗山县还经常举办鸟类题材的摄影展览。

每天的清晨和傍晚，是鹭鸶最为活跃的时候。晨曦初露，鹭鸶从绿荫深处跃然飞向空中，洁白的身段、优雅的姿态，让人不由得想起"一行白鹭上青天"的诗句。傍晚时分，鹭鸶觅食归来，它们围着树林，贴着树梢，一圈又一圈地盘旋飞翔，不时发出清脆的鸣叫。直到夜幕降临，它们才各自飞回自己的家。

10月中下旬，秋意渐浓，鹭鸶又携家带口飞回南方过冬。罗山人陷入了对它们的深切思念之中。

近些年，随着城镇化的快速发展，一座座高楼拔地而起，一条条公路纵横交错，鹭鸶的生存环境遭到了严重威胁，赖以生存的水杉林不断被蚕食。

罗山人看在眼里，急在心上，他们通过致信政府领导、开展签名活动、张贴标语、网上发帖等形式呼吁政府采取有效措施，切实加强对鹭鸶栖息地的保护，还鸟儿一个永久、安宁的家园。

2013年7月，联合国开发计划署驻华代表处的项目主任马超德博士在一个偶然的机会看到了罗山县环保志愿者拍摄制作的有关鹭鸶的视频。之后不久，他便专程到罗山鹭鸶栖息地进行实地考察。面对栖息在水杉林中数以万计的鹭鸶，马博士惊讶地表示，在城区之中，有密度如此之大、数量如此之多的鹭鸶，实属罕见。

他随即建议罗山县政府立即采取必要的抢救性保护措施，对鹭鸶的生存环境予以保护。

在社会各界推动下，罗山县政府多次召开会议，研究制定保护措施。先后做出了建立杜堰河湿地保护小区和成立湿地保护小区管理站的决定，组织相关部门勘界划定了保护小区的边界并建立了金属围网，明确规定了政府主管、协管部门的职责并建立了长效管理机制，为湿地保护区的可持续发展奠定了良好的基础。信阳市环保局还把建立鹭鸶栖息地自然保护小区纳入了由全球环境基金（GEF）捐款、联合国开发计划署执行，信阳市政府实施的"淮河源生物多样性保护与可持续利用项目"之中。罗山县林业局与志愿者协会签订了鹭鸶栖息地共管协议。

在政府的带动下，公众保护环境、爱鸟护鸟的积极性进一步被激发出来。2014年，罗山县社工协会——一个由热爱环保公益事业的人士组成的志愿者组织，发起了"志愿认领植树 建设美丽家园"主题活动，社会各界人士踊跃参与，共种植水杉树一千余棵。杜堰河两岸新增的这片水杉林，无疑为鹭鸶提供了更大的生存空间。为防止有人进入保护小区内，公众还自发组织对湿地周边进行巡逻，以期为鸟儿营造一处更加安宁的栖息地。

如今，"守护鹭鸟家园，共建和谐罗山"已成为当地人的共识。我相信，随着时光的流逝，罗山人对鹭鸶的这番真情付出一定会得到回报。鸟儿会更加迷恋这片土地，为这里的人们带来更多欢乐。

我心与鸟儿一起飞翔

2016年初，我照例又是在豫南山区"打鸟"之中度过的。自己近几年的节日假期，多半都是在野外与鸟做伴。

"打鸟"是专门从事飞鸟摄影的圈内人士的行话。乍听"打鸟"一词，不少人可能会产生误解。实际上，"打鸟"是拍摄鸟的代名词，其中饱含着摄影人对鸟儿独特而又深厚的情愫。

鸟是人类的朋友，大自然的精灵。在这个星球上，如果人们看不到各种鸟儿飞翔的美丽姿态，听不到百鸟争鸣的天籁之音，这个世界无疑会失去许多灵动与色彩。因而，通过摄影来定格鸟儿仪态万方的倩影，无疑是人们捕捉和再现精彩的艺术创造活动。

河南省处于中国南北地理的分界线上，位于亚热带和暖温带之间。在这方土地上，分布着茂密的森林、幽静的湖泊、丰美的湿地，优越的自然环境为鸟类提供了良好的栖息场所。

除了自然形成的栖息地之外，在有着"江南北国，北国江南"

之美誉的信阳市罗山县，还建有一处国家级鸟类自然保护区。国家一级保护动物朱鹮的人工繁育基地就设立于此。

据统计，目前河南境内有各种鸟类达382种，其中不乏列入国家一级或二级保护名录的珍稀物种。

丰富的鸟类资源吸引了众多摄影爱好者，越来越多的鸟友把镜头对准这一自然界的精灵，由此记录下了一幅幅鸟儿千姿百态、振翅飞翔的画面。

或许是曾经从事过自然生态环境保护的职业驱使，抑或是鸟儿的美丽太过诱人，近年来我也加入了鸟类摄影爱好者的行列，用镜头去定格鸟儿的风情万种，用心去感受鸟儿翱翔蓝天的魅力。

说实在的，拍摄鸟十分辛苦，首先是拍摄者要有好的体力，鸟类摄影与风光摄影不同，需要配备比一般镜头重得多的长焦镜头，还有三角架等辅助设备。为了能够拍摄到理想的画面，摄影师需要背着沉重的器材，翻山越岭，南来北往地追寻鸟儿的足迹。

拍摄鸟不仅是个体力活，还要有极大的耐心。拍摄过程中，为最大限度地减少对野生鸟儿的干扰，常常要不分寒暑地在野外长时间地隐蔽蹲守，其间全然不顾夏天的蚊叮虫咬、冬天的寒风刺骨。

有时，为了捕捉到鸟儿最佳的姿态和瞬间，废寝忘食守候一整天也很常见。由于鸟儿行踪的不可控，所有的付出并不一定都能得到回报，有时甚至无功而返。但是，只要拍摄到自己满意的影像，哪怕只有一两张值得保存的照片，内心都会充盈着满足，一切苦累顷刻都会烟消云散。

拍摄鸟如此不易，众多摄影爱好者为何这般倾情投入呢？最大的吸引力或许就在于鸟类摄影不同于人物、风光摄影，所拍摄的照片不可能有两张雷同的，而且画面动感十足，充满大自然的原生态气息，这大概是众多爱好者拍摄热情始终不减的动力源泉。

自打有了拍摄鸟的爱好后，越来越多的鸟儿走进了我的生活。这些年来，我用镜头定格了丹顶鹤、大天鹅、鹭鸶那与生俱来的优雅气质，记录下了白冠长尾雉、红腹锦鸡缤纷绚丽的美艳色彩，捕捉到了朱鹮、大鸨等稀有鸟种难得一见的珍贵倩影，也拍摄下了山雀、蓝翡翠、斑鱼狗、金翅雀、红嘴蓝雀、棕头雅雀、红胁蓝尾鸲、黑尾蜡嘴雀等数百种鸟机敏灵动的瞬间。通过拍摄，我认识了过去不曾认识的鸟，也更加关注鸟类栖息地的生态环境。

我有一种深切的感受，拍摄鸟既是一种揭示自然界生物之美的艺术活动，也是生物多样性知识的科普宣传活动，还是一种生态保护的公益活动。拍摄鸟的目的绝不仅仅在于拍摄者自己，或者让他人欣赏摄影作品，更重要的是让更多的人认识鸟、欣赏鸟、保护鸟，从而营造人与自然更加和谐的生态环境。

保护、拯救包括各种珍稀鸟类在内的濒危物种，维系着生态系统的平衡与稳定，关系着人类的生存与发展。爱护鸟类就是爱护我们人类自己，愿更多的人都能投入爱鸟、护鸟的行列中来，让鸟儿真正成为我们人类永久的朋友。

心随影游，情伴鸟生。我心与鸟儿一起飞翔。

怀想夏日的蝉鸣声声

蝉鸣是夏天的一种标志，没有蝉鸣的夏天无疑是寂寞的。然而这些年，人们越来越深切地感受到了这种寂寞。

下乡的途中，见到道路两旁的杨树距地面约1.5米的位置缠着一圈透明胶带。于是不解地问随行的同事，同事告诉我，这是当地村民为捕捉爬叉猴（方言，意为蝉的幼虫）而缠在树上的。

蝉五月末由黑暗的地下爬出，羽化为成虫。成虫顺着树干向上爬，一旦爬到有胶带的位置，便会滑落到地上，成为人们的俘虏。

当地村民告诉我，一到晚上，村里的大人小孩都拿着手电筒到杨树林里捕捉幼蝉，一般一个人一晚上捕捉一两百只不成问题。村民们将捕捉到的幼蝉卖给商贩或饭店，最终这些幼蝉成了人们餐桌上的美食。

唐代诗人白居易在《六月三日夜闻蝉》中写道："荷香清露坠，

柳动好风生。微月初三夜，新蝉第一声。"印象中，蝉鸣是与夏天密不可分的，听到蝉叫声，就知道一年中最热的三伏天来了。在一路攀升的气温中，蝉忘我地释放着火热的激情，尽情绽放着最灿烂的光华——用欢快的鸣唱把整个夏天鼓噪得沸沸扬扬、热力四射……

其实在我看来，蝉鸣不仅是夏天的象征，更是记忆中的绵绵乡愁。小时候夏日里房前屋后的树上，那"知了、知了"的鸣唱声，此起彼伏，高亢激越，宛如一首交响乐。如今离开家乡已近五十年，但不论走到哪里，只要听到蝉的鸣唱，就会自然而然地唤起我对家乡的思念。

犹记得小时候，顶着炎炎烈日，与几个小伙伴，每人拿一根长竹竿，在竿头粘上一块面筋，来到树下，发现蝉了就悄悄地把竿头伸过去，瞄准了，用竿头的面筋猛地一粘，它就成了我的俘虏。当然，那时候捕蝉并不是为了吃，纯粹是为了好玩。

当下的孩童，已经很少捕蝉玩了。

如今蝉的数量越来越少，蝉鸣声已完全没有往昔成百上千只蝉集体鸣唱所具有的强大气场和能量了。君不见，如今炎炎夏日，无论是城市还是乡村，都已很少听见蝉的鸣唱了。偶尔听到"薄暮寒蝉三两声"，不禁让人悲从中来，这孤独的鸣唱，似乎是蝉在向人类哀求。它们哀求"吃货"们，嘴下留情，把生存的权利还给它们。

"高蝉多远韵，茂树有余音。"蝉鸣的声音是夏季特有的美妙音符。没有了蝉鸣的夏天，还是夏天吗？

我的耳畔仿佛又传来了夏日里那一声声蝉鸣……

碧水丹山话武夷

　　明代大旅行家徐霞客游览黄山后，赞美道："五岳归来不看山，黄山归来不看岳。"现在看来，徐老先生的这两句诗似乎有些夸张。中国有很多名山可以与五岳相媲美，位于福建省西北部的武夷山便是其中之一。2002年夏季，在当地朋友的安排之下，我有幸走进了如诗如画的武夷山，领略了其独特、美妙的自然风光和文化景观。

　　武夷山的文明史据说源于先秦，汉代时已蜚声华夏。《史记》载有汉武帝遣使设坛用干鱼祭祀武夷君之盛典，唐玄宗时敕封武夷山为"名山大川"。自此，文人墨客、高士显宦纷至沓来，直至今日蜚声中外、名扬天下。1999年12月1日，武夷山被联合国教科文组织列入世界文化与自然双重遗产名录。

　　武夷山之美首先在于山的雄奇独特。由于远古时期地壳运动，加之重力崩塌、雨水侵蚀、风化剥落的综合作用，使其东西部山体呈现出两种截然不同的风貌。东部山体秀奇、幽美，因而有"六六奇峰翠插天"的盛名。有专家认定，武夷山是全国200多处丹霞地貌中发育最为典型的一处。这里山峰千姿百态，有的直插云霄，有的横亘数里，有的如屏垂挂，有的亭亭玉立，有的傲然雄踞……这诸多山峰中最有代表性的莫过于号称"武夷第一胜地"的天游峰了，在群峰之中它昂然凸起，凌云摩霄。我用了两个多小时的时间，才艰难地走完登山的800余级台阶，置身峰顶极目远眺，九曲溪水一览无余。西部的山势雄峙巍峨、深邃壮观，其中1000米以上的高峰就有112座。号称"华东屋脊"的黄冈山，就耸峙于赣闽边境上。除了雄伟秀美的山峰之外，武夷山还有怪石，它们个个巧夺天工，或形似，或神似，惟妙惟肖，妙趣横生。

　　武夷山的灵性在于水。武夷山中有众多的清泉、飞瀑、山涧、溪流。碧水潺潺，如诉如歌，给武夷山注入了生机，增添了动感，孕育了灵气。其中，最值得一游的莫过于九曲溪。九曲溪发源于武夷山森林茂密的西部，水量充沛，水质清澈，全长62.8公里，流经中部的生态保护区，蜿蜒于东部丹霞地貌，9.5公里的溪流，山环水转，水绕山行，自有风情。游人可乘竹筏随波逐流，既惊险刺激又极富诗情画意，只需一个多小时的时间，便可饱览山水之美。峰回水转，移舟换景，一幅幅流动的画面美不胜收，"小小竹排江中游，巍巍青山两岸走……"的歌声荡漾在青山绿水之间，诗一般的意境。导游告诉我，武夷山赏水的最佳时节在五六月间，绵绵细雨使得天地间呈现出一派山色空蒙、水雾缭绕的迷人景致。而每逢大雨降临，峭壁悬崖上又会垂挂起瀑布或水帘，山谷的雨水似条条银练汇入溪流之中，平静的九曲溪此时会汹涌起来。

武夷山不仅山水秀美，风光旖旎，而且是全球生物多样性保护的关键地区，被中外生物学家誉为"世界生物之窗"。武夷山自然保护区生态环境类型多样，生物资源非常丰富，在保护区这个动植物的"天然避难所"里，目前已知植物种类3728种，已知动物种类5110种。早在19世纪中期，英、美、法、德的生物学家就到这里采集了大量的标本，如今在伦敦、纽约、柏林、巴黎等著名博物馆中仍有保存。

武夷山的文化底蕴也非常深厚。南宋大思想家、哲学家和教育家朱熹曾在武夷山讲学、著述、生活五十余年。朱子理学在这里萌芽、成熟、传播，武夷山现今仍是世界研究朱子理学的基地。武夷山是距今2000多年的西汉闽越王城所在地，其王城遗址是目前中国长江以南保存最完好的汉代古城址。武夷山还有一个独特的文化现象，即儒、释、道三教同山，一千多年来，儒、释、道三教相安共处，传为美谈，体现了武夷山的兼容豁达。

武夷山钟灵毓秀，人杰地灵，引得古往今来众多文人墨客、专家学者的赞赏。至今武夷山保留有数以百计的摩崖石刻，或诗，或词，或文，它们是武夷山古代文明的历史记载。也正因为这些历史与文化的沉淀，使得武夷山独具魅力，名传千古。

海上花园中的美丽盆景

　　近期拜读了易中天先生的《读城记》，也许是易先生本人工作生活在厦门的缘故，他在对北京、上海、广州、成都、武汉等大城市作了全面深入的解读之后，还情有独钟地把厦门单独列为一个章节进行解读，并把厦门喻为"中国最温馨的城市"。书中对厦门的描述对我产生了极大的诱惑力，加之厦门朋友的盛情相邀，于是利用国庆假期的机会，实地领略了这座城市的旖旎风光。

　　厦门位于我国东南海域，是一个三面大陆环抱、一泓碧波荡漾的海湾中的小岛。与其他海滨城市相比，厦门的美丽是有过之而无不及的。诗人郭小川在《厦门风姿》中赞道："百样仙姿，千般奇景，万种柔情……"游览厦门之后，我对诗人的描述有了切实感受。厦门最美的地方当数闻名遐迩的鼓浪屿，如果把厦门比作一座海上花园，那么鼓浪屿便是这座花园中最精美的盆景。

　　鼓浪屿之美，美在精致、小巧。踏上这座只有1.91平方公里的小岛，鼓浪屿像块透明的水钻，柔和娴静地矗立面前，干净舒爽的海风直抵心扉。鼓浪屿与厦门市隔海相望，秀美的鹭江从中间汩汩流过。很久以前，鼓浪屿只是一个渔村，一座孤独的小岛，只有咿呀作响的小舢板。正因为面积小，岛上除了旅游电瓶车，至今不允许任何机动车辆上岛，漫步岛上，不会受到干扰，非常幽静，空气中也丝毫闻不到刺鼻的汽油味。

鼓浪屿之美，美在植物的多样性。鼓浪屿属亚热带海洋性季风气候区，温暖湿润，光、热条件非常优越，雨量也很充沛，因此岛上植被茂密，森林覆盖率达85%以上，到处是一派郁郁葱葱的景色，登上小岛就宛如走进了天然氧吧。目前，岛上的植物种类已达5000多种，其中不乏世界珍贵树种，如美国的红松、智利的南洋杉、日本的金松等。当然，最引人注目的是一棵棵硕大无比、年代久远的榕树，高大的榕树，长出无数气根，像维吾尔族小姑娘的辫子一样。榕树的根顽强地扎在岩石的缝隙之中，显示了强大的生命力。除了树，岛上花的种类更是不计其数，漫步岛上，犹如置身于花的海洋。五颜六色的花儿，争奇斗艳，尤其是三角梅，作为厦门市的市花，三角梅开得如火如荼，开得铺天盖地。此外，岛上还有不少集江南和闽南风格于一体的园林，如为纪念民族英雄郑成功而建立的皓月园、为纪念林巧稚大夫而建立的毓园，此外还有台湾富绅林尔嘉为怀念台湾板桥故居而修建的私家园林——菽庄花园。这些园林建筑，风格独特，文景并茂，为小岛增色不少。

鼓浪屿上，较有特色的当数老房子。那些老房子，都是有故事的。鸦片战争后，西方列强纷纷踏上鼓浪屿，并将它划入公共租界，他们在岛上大肆兴建领事馆，开办洋行、医院、学校和教堂等。周边地区的华侨和富绅也涌进了这块风水宝地，在这里买地建楼。一座座风格迥异的建筑拔地而起，檐翘角、柳条屋顶、宝塔屋顶、古希腊柱、罗马柱，风格各异。如今，战争的硝烟早已散去，这些建筑物却被保存了下来，成为历史的见证，他们就像一本本历史教科书，向人们诉说着鼓浪屿的过去……

鼓浪屿是"音乐之岛""钢琴之岛"，小小鼓浪屿有钢琴600台，其密度居全国之冠。漫步岛上，不时会听到悦耳的钢琴声，悠扬的小提琴声，轻快的吉他声，动人优美的歌声，加以海浪的节拍，特别迷人。音乐，已成为鼓浪屿一道绚丽的风景线。岛上除建有音乐学校、音乐厅之外，还建有一座钢琴博物馆，它是目前国内唯一专门展示世界各国名古钢琴的专业博物馆，馆内收藏有原籍鼓浪屿现旅居澳大利亚的钢琴收藏家胡友义先生毕生珍藏的一百多架世界名古钢琴和百盏古钢琴灯台。正是因为鼓浪屿人对高雅艺术的孜孜追求，岛上才诞生了大量的钢琴家和音乐家。中国第一位合唱女指挥家周淑安、钢琴演奏家殷承宗、旅美华人钢琴新星许兴艾等都是从这里走出去的。如今，音乐已成为鼓浪屿人生活中一个不可或缺的部分。每逢周末或节假日，鼓浪屿的音乐家庭、艺术世家往往会举办家庭音乐会，一家老小聚于一堂，你弹我唱，其乐融融。

"鼓浪屿四周海茫茫，海水鼓起波浪……"伴随着这优美的旋律，我们踏上了返程的航班，在空中俯瞰这座"海上花园"，更是一派生机勃勃、活力四射的景象。我相信，伴随着国家改革开放的春风，鼓浪屿这颗镶嵌在祖国东南沿海的明珠一定会更加璀璨夺目，光彩照人。

难忘的丽江之水

　　早就听说丽江是个很值得一看的地方，怀着向往已久的心情，2003年深秋时节，我终于来到这个美丽而又神奇的地方，充分领略了高原古城的无穷魅力。

　　丽江古城地处横断山脉云岭深处，这里雪峰拱卫，大河奔流，湖泊镶嵌，林海苍茫。丽江具有悠久的历史，丰厚的文化底蕴，其中纳西族人特有的民族习俗、北半球距赤道最近的现代海洋性冰川、江南小桥流水人家的村落，均给我留下极为深刻的印象。然而，至今令我难以忘怀的是丽江的水。

　　丽江城内有着丰富的水资源，源于象山山麓的玉河水从城头西北角流向城中，经过城内的玉龙桥之后，再经双石大桥一分为三，沿着中河、东河和西河分成三股呈扇形流向城内，然后再分多股支流曲曲折折网络全城，泽被大街小巷。最终流向城东南广阔的原野，灌溉肥沃的农田。纵横交错的河流构成了古城的主要特色，因而丽江又有"小威尼斯"之誉。水，已成为丽江的一张天然名片。难怪有人说，古城处在一块负阴抱阳的风水宝地。

有水便有桥，据说，在穿街过巷、潺潺蜿蜒的河渠上，建有350余座桥梁，桥梁的形制多种多样，材料大多为木板、石条石板等。木板桥多用栗木，这种木料质如石材，坚硬无比，且耐腐性极强，因此尽管小桥建成多年，却依然完好如初。古朴典雅、形态各异的小桥与古香古色的建筑、潺潺的流水一起，构成了高原水乡如诗如画的美丽景色。

其实，有水并不稀奇。不要说国外，就是在国内，有水的城市也为数不少。但如丽江古城这般利用水资源、保护水资源的城市却不多。凡是到过丽江的人，都会为这一城从头至尾洁净无比的水而赞叹。也许有人会问，古城为何有这等好水？我在游览丽江之后找到了答案：这一切都应归功于古城人由来已久的保护自然环境、珍爱水资源的良好的行为规范和生活习惯。大自然因此给了古城人丰厚的馈赠。

古城人是亲水的。追溯水文明的形成，得追溯到纳西族人对一种叫作"术"的神灵的敬畏。传说"术"是纳西族东巴教的第一个神灵，"术"管天管地，还司水源的旺枯。所以，古城内凡是有泉眼的地方，都供奉有"术"。谁要是不善待水，便被视为对"术"的不敬，灾难就会降临。此外，在水源处砍伐树木也是纳西族的一种禁忌。"术"图腾催生了水文明，水文明又带来了具有浓郁地方特色的水文化。顺着玉河一路前行，清澈见底的河水中有许许多多的鱼儿，这些五颜六色的鱼儿并非河里原本就有的，而是人们从卖鱼的小商贩那儿买来之后放生的。纳西族有放生的习惯，他们以此表明与大自然和谐相处的美好愿望。古城人有放河灯的习俗，每年中元节，夜幕降临时，人们会把一盏盏纸灯放入河中，目送河灯随波远去，默默祈祷，河灯带走对亲人的思念和对明天的美好向往。一盏盏河灯，远远望去繁星点点，壮观非常！

古城人不仅亲水，更惜水爱水。丽江地下水位高，一些距离河道稍远的居民，便就地凿些"浅井"，地下泉水随之喷涌而出，浅井自泉口起依次建成三个取水口，当地人便习惯地称之为"三眼井"。井边用条石修砌，井口用大石板做井盖，井中再投放几尾红鲤鱼或高原细鳞鱼。泉水自第一眼井溢出后，顺势流入第二眼井，从第二眼井漫出后又流入第三眼井。三眼井都满后就顺着水渠归入玉河水系。古城居民用水十分严格讲究，一眼井供饮用，二眼井供淘米洗菜，三眼井才能洗衣或做他用。这种惜水爱水规范不仅体现于三眼井，古城居民早就约定俗成，不许朝玉河及水渠里吐痰、倾倒垃圾和污水。上午十点之前，不能在河里洗衣洗菜，因为那是供居民取饮用水的时间。到了可以洗衣洗菜的时候也有讲究，但凡洗衣的人处在上游，见到有人来洗菜，便会自动让位到下游。古城人这种文明用水、礼貌待人的良好社会公德让人肃然起敬。

古城居民懂得清泉可贵，也懂得充分利用它造福人类的道理，利用水流湍急，在适当处安置水碾、水碓、水磨房，加工大米、面粉，供应市民生活。更值得一提的是，西河流至古城中心四方街地段时，通过一高出的闸门，引西河水冲洗一天来街市上残留的污秽与垃圾，以干净整洁迎来第二天的早市。放河水洗街，保持街市的卫生清洁，是人们利用自然条件造福于人的一种创造，足见古城人巧用善用玉河的聪明与智慧。

游览即将结束之际，我再次来到子母大水车旁。子母大水车耸立于玉龙桥头，是丽江古城的标志。看着日夜不停转动着的水车，我忽然想到，这流淌不息的河水，这转动不止的水车，不正是中华民族生生不息的一种象征吗？

千湖之国的生态之美

一说到芬兰，人们立刻就会想起总是带着盈盈笑容的圣诞老人、著名的音乐家西贝柳斯、响着标准铃声的诺基亚手机以及冷暖交替的极端天气，还有那北极地区的极光美景……

然而，出于环保工作者的职业习惯，我对这个位于波罗的海心脏地区国家观察的视角，当然是从生态环境保护方面切入的。

芬兰国土面积达33.8万平方公里，大约为两个河南省的土地面积，而其人口只有550万，仅是河南省人口的约1/19。特殊的国情使该国有着很高的人均资源占有率，尤其是森林资源极为丰富，全国有2/3的土地面积被大片的针叶林所覆盖，森林覆盖率高达66%。人均林地4公顷，位居世界第二，仅次于加拿大。20世纪50年代，郭沫若先生访问芬兰后写下"信是千湖国，港湾分外多。森林峰岭立，岛屿似星罗"的诗句，就是这个国家的真实写照。

我们踏上芬兰的国土，第一个印象就是郁郁葱葱的森林无处不在。无论是在海滨、湖畔，还是在起伏的丘陵和星罗棋布的岛屿上，均生长着茂密的树木，城镇和乡村几乎都处在森林的包围之中。一片片森林和大大小小的湖泊交相辉映，构成一幅幅令人陶醉的北欧特有的风情画。我们考察期间，芬兰已是深秋季节，车行沿途，树叶的颜色赤橙黄绿，色彩斑斓，与湛蓝的天空、宁静的湖泊相互映衬，宛如一幅幅流动的画，一首首凝固的诗，美不胜收，令人心旷神怡。

芬兰十分重视保护自然生态系统，尤其重视对特有的群岛、湖泊、森林，以及濒危动植物物种的保护，生物多样性在这个国家得到了最好的体现。他们在为自己营造良好生态家园的同时，也为人类留下了许许多多大自然的原始风貌和自然风光。20世纪初，芬兰建起第一个国家公园和自然保护区。在随后的50多年时间里，又不断扩建和新建了一批国家公园和自然保护区。目前芬兰全国各类自然保护区的总面积达近3万平方公里，其中7300平方公里辟为30多个对公众开放的国家公园。

毗邻赫尔辛基市区的塞拉乌岛，又叫松鼠岛。长长的木桥将小岛与城市连接在一起。小岛虽然不大，但环境幽静，景色宜人。岛上林木参天，绿草如茵。各种海鸟围绕着小岛自由地飞翔。尤其值得一提的是岛上的各种动物对人均不设防，无论是天鹅、海鸥还是鸽子等都愿意亲近游人，我们把镜头对准这些可爱的小精灵时，它们会以各种优雅的姿态让你拍个够。最惹人喜爱的是岛上的无数只活泼机灵的小松鼠，走在林间小道上，众多的松鼠会从树杈上、草丛里和石缝中欢快热情地窜到游人面前，然后像人一样用后肢直立起来，两只前肢作揖般举到胸前，那条硕大尾巴高高翘起，在身后快乐地摆动着，像是在欢迎远方客人的到来。如果游客对其做出友善亲近的举动，再辅以食物稍作引诱，小松鼠便毫不顾忌地爬到游人的手上觅食。野生动物与人能够如此亲密地接触，让我们真切地感受到了大自然的和谐与美好，要更加善待动物、保护动物的仁爱之心也油然而生。

芬兰自然生态系统之所以能够得到如此好的保护，主要还是得益于完善的法律。芬兰早在1886年就制定了第一部森林法，1923年又制定了《自然保护法》，这是世界上最早的有关自然生态环境保护的法律之一。尽管距今已有多年，但此法律的绝大部分条款至今依然有效。芬兰法律规定在采伐林地中每亩必须保留5株左右的非经营树种，河流、湖泊周边3米以内的林木禁止采伐，芬兰目前建有森林生态系统的自然保护区400万公顷，约占森林面积的15%。农民在自己土地上种植的树木也须事先经相关部门批准才能合理间伐。

除了广袤的森林，据说芬兰北部的拉普兰地区又是另一番自然景象，那里有欧洲最大的沼泽苔原地带，至今没有受到任何人为污染。湖泽水国的天然景致勾起了我们的无限向往。

匆匆的北欧之行给我们留下的印象深刻而又难忘，尤其是在保护自然生态系统方面，芬兰经历上百年所积累起来的成功经验，无疑是值得我们学习借鉴的。

"伟大属于罗马"

  罗马，一座传奇的城市，一座具有深厚文化底蕴的城市，更是一座浪漫的城市。罗马城历史悠久，建立于公元前753年，是古罗马的发祥地。公元1世纪，为罗马帝国的强盛时期。公元4世纪，罗马帝国分裂为东罗马和西罗马。经过多年纷争，直到1861年亚平宁半岛上各公国和西西里合并成为意大利王国，10年后罗马脱离教皇管辖，意大利获得最后统一。罗马成为意大利政治、经济、文化和宗教的中心。

  走进罗马，首先是一次文化和艺术之旅。无论是街头、房顶、教堂内部，都能看到杰出的绘画和雕塑作品。人们耳熟能详的"文艺复兴三杰"达·芬奇、米开朗琪罗、拉斐尔等著名艺术家的作品随处可见。罗马古城酷似一座巨型的露天历史博物馆。在罗马古城遗址上，矗立着帝国元老院、凯旋门、纪功柱、万神殿和斗兽场等世界闻名的古迹；这里还有文艺复兴时期的许多精美建筑和艺术精品。意大利人对于文物的保护也令人钦佩，2000多年来，罗马城几经扩张，但这些古迹几乎未遭到破坏。

作为昔日帝国的中心，罗马城大大小小的教堂有900多座，基本每条街都有教堂。位于罗马城西北角的梵蒂冈城国圣彼得大教堂目前是全世界最大的教堂，其建筑成就和教堂内所拥有的数百件艺术珍宝更是精美绝伦。教堂的建造前后用了120年时间，于1506年初步建成。文艺复兴时期重建，拉斐尔、米开朗琪罗等相继参加了重建，1626年全部完工。由米开朗琪罗设计的高136.5米的圆形屋顶如今已成为梵蒂冈的地标。

在罗马所有的纪念性建筑中，古罗马大斗兽场是最令人叹为观止的场所。这里曾经是角斗士们性命相搏、死囚与饿狮搏斗的地方，也是永恒之罗马的伟大象征所在。英国历史学家比德写道："斗兽场矗立的时候，罗马也将存在；斗兽场坍塌的时候，罗马也将灭亡。"大斗兽场始建于公元72年，于公元80年竣工，有80个拱形入口，87000人可以在10分钟内坐定和疏散。走廊和阶梯的设计，即便在今天也是非常科学合理的。据说斗兽场开幕那天，罗马全城放假，一系列角斗活动结束后，杀死野兽达5000多头。电影《角斗士》的主人公马克西默斯，一个战场上的常胜将军，却在权力斗争中沦为奴隶。为了生存，他的战场转到竞技场上，为嗜血的人们表演一幕幕你死我活的搏杀。但是，马克西默斯从未放弃复仇的心愿，因为他坚信人的意志比皇权更为强大。穿行在一排排座椅间，抚摸着泛着铁锈色的砖墙，仿佛听到了角斗士的呐喊声。

维克多·埃曼纽尔二世纪念堂，坐南朝北俯视着广场，是威尼斯广场上最醒目的建筑。这幢充满新古典风格的建筑也称为意大利统一纪念堂，它是罗马统一的象征。建筑物上面两座巨大的青铜像，右边的代表"热爱祖国和胜利"，左边的代表"劳动的胜利"。纪念堂正面是16根圆柱形成的弧形立面，台阶下两组喷泉寓意深刻，右边的象征第勒尼安海，左边的象征亚得里亚海。中间骑马的人物塑像就是完成了意大利统一大业的维克多·埃曼纽尔二世。

除了维克多·埃曼纽尔二世纪念堂外，威尼斯广场上另一座引人注目的建筑是威尼斯大厦，这座文艺复兴早期的哥特式建筑现在是一座博物馆，馆藏作品多是同一时期的绘画、陶器、木雕和银器等。值得一提的是，墨索里尼曾在这里办公并在二楼阳台发表演讲。

喷泉是罗马城又一道独特的风景，其中规模最大、知名度最高的莫过于纳沃纳广场附近的许愿池了。清澈见底的池水、迷人的喷泉和巴洛克风格的雕塑犹如一幕舞台剧，向过往的游人演绎海神的故事。到许愿池的游人都会向池中投入硬币，作为日后再游罗马的"门票"。除此而外，摩尔人喷泉、四河喷泉等也都各具特色，充满了艺术张力，使人生出无穷的遐想。

纳沃纳广场周边聚集了古罗马时期的许多重要建筑，其中之一便是被称为"天使的设计"的万神殿。这座古典主义的杰出代表建筑建于公元前2世纪，为纪念奥古斯都远征埃及而兴建，它是唯一一座保存完整的罗马帝国时期的建筑。拉斐尔等许多著名艺术家就安葬在万神殿内。意大利统一后，万神殿又成了国王的安葬地。

游览的最后，我们来到台伯河畔。望着静静流淌的河水，我想起爱伦·坡的诗："光荣属于希腊，伟大属于罗马。"不想说再见，伟大的罗马，期待与你再次相会！

无限风光在险峰

　　"暮色苍茫看劲松，乱云飞渡仍从容。天生一个仙人洞，无限风光在险峰。"这首诗是毛泽东同志为赞美庐山而作的。然而用其最后一句来形容西岳华山，我以为同样是非常贴切的。在多年的期盼之后，我有幸登上了这座名山，亲身体验了不同寻常的险境，同时也领略了其无比壮美的自然风光。

　　华山历来以险而闻名天下，故有"奇险天下第一山"之称。是的，与黄山、庐山这样秀美的山岳相比，华山的魅力恐怕就在于一个"险"字了。自古华山一条路，多少年来人们总是这样来形容攀爬华山之路的艰难与险峻。

　　华山雄奇而又巍峨地矗立在秦岭山脉的东部、秦晋豫三省交界黄河岸边的陕西省华阴市境内。它直指苍穹，俯瞰大河，壁立千仞，险峻无比。"华山直挺黄河边，雄视东方函谷关。西接昆仑成一脉，千峰万壑护中原。"朱德元帅这首诗形象而生动地描绘了华山大气磅礴、摧天拔云的景观。

华山群峰竞秀，最具诱惑力和代表性的莫过于倚天接云的朝阳峰、莲花峰、落雁峰、云台峰和玉女峰。这五座山峰又依次被称为东峰、西峰、南峰、北峰、中峰。五座山峰的景致各具特色，互不相同。东峰是凌晨观日出的最佳地方。西峰最为奇伟，整个峰体刀削斧劈、万丈绝壁。南峰为华山最高峰，以2154.9米的高度雄踞华岳之巅。北峰虽然海拔略低一些，但三面悬崖，地势险要，是通往诸峰的必经之路。中峰处于五峰之中，古老而又凄美的"吹箫引凤"的故事就发生在这里。

攀登华山的路径有三条：一条为东线，即从东山门乘旅游车进山，然后转乘缆车，下了缆车之后即可抵达华山五峰之一的北峰。另一条登山路为西线，这是一条完全步行的线路。以玉泉院为起点，经华山门、五里关、莎萝坪、毛女洞、青坷坪、回心石、千尺幢、百尺峡，到达老君犁沟后，用不了多久就可到达北峰。在这两条线路之间，还有一条名垂战史的智取华山路，这就是当年解放军侦察小分队为歼灭国民党旅长韩子佩残部，冒着生命危险攀缘而上的一段峭壁险路，当然现在是一般人不敢冒险问津的。

从华山脚下的黄甫峪乘车进山，翠黛连天，山路弯弯，一条无数个S形弯道的盘山路被两侧的大山夹在其间。公路一侧是浪花飞溅、清澈见底的山涧河流。到达索道的下站，乘上两人座的敞开式缆车，顺着约60度的斜坡，在山峦与峡谷中穿行上升，仿佛腾云驾雾，宛如置身人间仙境。

从北峰下缆车之后，一会儿便到了北峰顶。首先映入眼帘的是一块镌刻着"华山论剑"四个朱红大字的巨石，这遒劲有力、充满剑侠之气的四个大字为一代武侠小说名家金庸先生所题。石刻前就是那年仲秋时节金庸先生舌战群儒、纵论剑侠文化的"论剑台"。伫立碑前，金庸先生当年与众多文化名流谈剑论道的场景似乎就在眼前。综观历史，华山曾经流传或者发生过太多有关武侠的神话和故事。其特有的剑侠文化与武林精神恐怕是金庸先生把"论剑"的舞台选在这里的原因所在。"太华岹西方，倚天如插刀"的诗句正是华岳剑侠之魂的真实写照。

从北峰向东峰、西峰、南峰进发的路途，是一段艰难而险要的登山旅程，基本上都要从悬崖岭脊上通过。途中有时要贴壁而过，有时又得匍匐前行。过了右处绝壁、左临深渊的阎王碥之后，便到达了游人须将脸颊紧贴石壁才能通过的擦耳崖。摩崖前方石壁上的四个大字"华夏之根"醒目地呈现在眼前。这是国务院原副总理钱其琛为华山题写的，从历史文化渊源的意义上对华山的地位作了定位。学者章太炎说过："国以华名就是因华山而得。"这说明华山与华夏民族是密不可分的。

过了擦耳崖，前方不远便到达险要无比的苍龙岭。苍龙岭为一道青色的山梁，中间高高突起，两侧峭壁万丈，宽不盈尺的登山石阶就铺设在恰似鲤鱼背部的山脊上。走在岭脊之上，会有头晕目眩、腿脚发软的感觉。与此同时，游人也会从中体验到征服大自然的刺激。翻越了苍龙岭，再经过约半个小时路程，即到达金锁关，金锁关是登顶华山最高峰——南峰必经的一道关口。越过此关，再经过最后一段的艰难攀爬，即可登上顶峰了。

登上华山南峰，极目眺望四野，渭黄两水如带，群山巍峨苍茫，脚下云海翻滚。顿时，顶天立地、昂首天外的自豪感油然而生。这时候，你会真真切切地体会到"山高我为峰"是怎样一种境界。用宋代名相寇准的诗句"只有天在上，更无山与齐。举头红日近，回首白云低"来形容此时此刻的情形似乎再贴切不过了。

站立华山极顶的自豪感是不言而喻的，但一路走来，沿途所领略到的景致则更让人由衷赞叹西岳华山绚丽多彩的自然风光。壁立千仞的岩崖，峰回路转的深谷，苍劲挺拔的奇松，色彩绚烂的山花，升腾涌动的云海，飞花溅玉的瀑布，还有历代文人墨客留下的摩岩石刻，以及浓郁厚重的道教文化等，所有这一切都给人们留下了深刻而又美好的记忆。

华山给人留下的印象是难以忘怀的，其风光无限的绚丽景致将永久铭刻在我心中。啊！壮哉，华山；美哉，华山！

镶嵌在大山之中的绿色明珠

在伏牛山腹地，有一座"养在深山人未识"的山水小城——栾川。小城精致而秀美，恬静而灵动，恰似一颗璀璨明珠，镶嵌在这片古老厚重且充满生机的土地上。

栾川，这一地名源于当地一个美丽动人的传说。据说，上古时期，这里栾木成林，有一种形似凤凰的鸾鸟在此栖居，所以栾川古称"鸾州"，这里的山水分别称为鸾山和鸾水。"鸾凤和鸣"该是世上最美妙的声音了。凤鸟和鸾鸟在高山之巅，在密林深处，在河畔池边，喽喋啁啾，百啭千声，演奏着一首首动人的曲子，当地的人们终日陶醉在美妙的音乐之中。多少年后，当凤凰涅槃、鸾鸟飞天之后，便有了"栾川"这一沿用至今的地名。

传说毕竟是传说，但栾川人与大自然和谐相处的意愿则是真切而又美好的。这些年来，因工作关系，我多次到栾川，小城秀美的山水让我流连忘返，赞叹不已。

栾川之美，美在山。栾川境内山势雄浑，奇峰林立，海拔在300至2200米之间。在蜿蜒起伏的群山之中，最值得一提的当数伏牛山主峰——老君山。老君山古名景室山，与鼎室山、华室山号称伏牛三鼎。老君山因老子曾隐居于此悟道修炼而得名，由此老君山还是中原道教圣地。天下名山众多，老君山一枝独秀。当代作家李準游老君山后惊叹："秀压五岳，奇冠三山。"

栾川之美，美在水。说到栾川之水，不得不说穿城而过的伊河。《山海经》记载："蔓渠之山伊水出焉。"西出县城，溯流而上约20公里，便到了伊河源头。作为栾川人心目中的母亲河，相比大江大河汹涌澎湃的气势，伊河则有一种小家碧玉的妩媚与多情。千百年来，它波澜不惊、永不停息地流向远方，最终汇入黄河汹涌波涛的激流之中。

栾川之美还在于它的绿。走进栾川，宛如走进一片绿色的海洋，绿浪翻滚，松涛阵阵，使人心潮起伏。作为河南省第一林业大县，全县林地面积296.6万亩，森林覆盖率高达82.4%，各类乔木、灌木共同构成了丰富多样的森林植物圈。良好的植被使空气中的负氧离子含量达到平均每立方厘米3万个，因此，栾川又有"中原肺叶""天然氧吧"之称。这也为栾川赢得了中原地区最适宜人类居住的城市的美誉。

春节期间，栾川人最爱张贴的一副对联是：君山不墨千秋画，伊水无弦万古琴。人们之所以喜欢这副对联，是因为它包含了栾川最美的山水。这既是栾川人对家乡山水的由衷赞美，更是他们呵护自然的不懈追求。"城在山中，水在城中，楼在绿中，人在画中"是对这座豫西小城美景的真实写照。

当年，老子在此悟道时，提出"道法自然、天人合一"的理念，这一朴素的生态观，千百年来得到了世代栾川人的传承和弘扬。在追求绿色发展的今天，栾川县委、县政府高度重视生态文明建设，确立了"生态立县"的发展战略。栾川是"中国钼都"，曾经的过度开采破坏了生态。为做好矿山开采后的生态恢复工作，连年来，栾川县投入大量资金，对排土场、边坡等受采矿扰动区域采取地质环境恢复治理措施。昔日裸露的矿渣山如今披上了绿装，满山翠绿非常漂亮。除了开展"绿色学校""绿色社区""绿色企业"创建活动，栾川县还在农村开展生态创建活动，成果斐然，目前全县14个乡镇中已有13个通过国家级生态乡镇考核验收。形式多样的生态创建活动为生态县的创建奠定了扎实的基础。经过全县人民的不懈努力，2014年5月16日，栾川县被环保部正式命名为国家级生态县。

"生态建设只有起点，没有终点。30万栾川人民会始终不渝地朝着生态文明的目标继续迈进。"在国家级生态县的考核验收会上，栾川县委领导如是说。因此，我们有理由相信，栾川的明天一定会更加璀璨夺目、熠熠生辉。

【延伸阅读】栾川县，2016年6月获首届生态文明先进集体奖，2017年9月成功创建首批国家生态文明建设示范县，2018年12月被生态环境部命名为第二批"绿水青山就是金山银山"实践创新基地。

走进"天下第一雄关"

对于历史的回忆和眺望，过去，我常常是从浩瀚的史书和其他文学作品当中切入的。而这次，却是从一座关城开始的。

2011年初秋时节，我们沿着连霍高速公路一路西行。我们此行的目的地是被称为"天下第一雄关"的嘉峪关。

越野车行驶在古丝绸之路上，沿着大河之滨溯源而上，我仿佛走进了中国古代历史文化的长廊。作为中华民族的发祥地，黄河中上游曾经孕育创造了令世界惊叹的华夏文明。进入甘肃省境内后，莽莽戈壁大漠与静静湖泊，青青草原与皑皑雪山，郁郁森林与莹莹冰川，多样地貌让我目不暇接。苍凉而又壮美的自然风光，给我留下了极为深刻的印象。真乃陇原山河两千里，沧桑巨变五千年。文明的兴衰更替写就了黄土高原特殊而又辉煌的变迁史和发展史。

经过三天的长途跋涉，我们终于抵达了依城关而得名的西北工业重地——嘉峪关市。历史上，嘉峪关地处古丝绸之路的交通要冲，又是明代万里长城的西端起点。丝路文化与长城文化在这里融为一体、交相辉映，素有"河西重镇""边陲锁钥"之称。

在人们的印象中，甘肃历来都是贫瘠、闭塞、落后的地方。其实，这是一种错觉。眼前的一切，完全改变了我之前的认知。矗立在茫茫戈壁滩上的这座小城干净整洁，宁静优美。经过一代代陇原儿女的艰苦创业，尤其是改革开放以后，嘉峪关市得到快速发展，昔日春风不度、羌笛幽怨的边塞要冲，如今已形成以冶金工业为主体，化工、电力、建材、机械制造、食品酿造为辅的新兴工业城市。当地的同志告诉我，今天的嘉峪关，是自大唐盛世以来最为昌盛、最具活力的时期。

嘉峪关位于嘉峪关市西5公里处最狭窄的山谷中部，是河西走廊最西的一处隘口。这里是中国古代通往西域的重要交通要道，峡谷穿山，危坡逼道，"河西第一隘口"，"出入之要道，古今之险扼"，嘉峪关的重要性不言而喻。

嘉峪关始建于明洪武五年（1372年），先后历经168年的修建，成为万里长城沿线最为壮观的关城，也是保存最为完好的一座古代军事要塞。清代林则徐因禁烟获罪，被贬新疆，路经嘉峪关，见关城如此雄伟，曾赋诗赞道："除是卢龙山海险，东南谁比此关雄。"

嘉峪关是一座规模宏大的军事防御建筑群落。走进城楼，首先映入眼帘的是悬挂在关门之上的"天下第一雄关"匾额。放眼整座关城，层楼重叠，飞檐凌空。关城两翼，蜿蜒透迤的长城像巨龙般横卧在山巅之上，构成了一道森严的军事防御体系。整个建筑由内城、外城、城墙等部分组成。它作为内地与西域、中原与大漠之间纷争与融合的见证，悲壮而辉煌。整个关城坚固雄伟，气势磅礴，关城呈梯形，周长733米，面积33500平方米，高10米，垛墙高1.7米，东西城垣开门，城楼对称，三层五间式，周围有廊，城四隅有角楼，南北墙中段有敌楼。两门内，北侧有马道达城顶。关城正中有一官井。西面城垣凸出，中间开门，门额刻"嘉峪关"三字。原有城楼，与东西两楼形制相同，三楼东西成一线。

登上城墙向远方眺望，高墙纵横，城堞林立，气势宏伟；抵近城楼细细观赏，雕梁画栋，色彩绚丽。作为长城遗址中规模最大、保存最完整的城关，嘉峪关已被国务院公布为全国重点文物保护单位，并被列入世界文化遗产名录。

夕阳西下，嘉峪关被余晖染成了金黄色。车辆渐行渐远，嘉峪关巍峨的身影逐渐淡出我的视野，但"天下第一雄关"昂然不屈的精神却永远烙印在我的心中。

红色之旅

行走在广袤的华夏大地上，常常会被那些带着红色印记的革命圣地或纪念场馆内所记录、所展示的事件和人物所感动。这些三承载着厚重红色文化的地方或场所是中国革命波澜壮阔斗争历史的缩影和见证。循着革命先烈的足迹继续前行，初心未改的我们或许可以明白这样一个问题：我们是从哪里来的，又将到哪里去？

红绿相映话井冈

　　井冈山，一个让我景仰的地方，一个让我魂牵梦萦的地方。早在学生时代，就曾在书本上了解到了发生在这片革命圣地之上的许许多多的感人故事。在纪念中国共产党成立89周年的日子里，我终于走进了她的怀抱……

　　这是一片红色的土地。当年，毛泽东、朱德等老一辈无产阶级革命家在这里创下了彪炳史册的丰功伟绩。作为中国革命的摇篮，无数革命先烈用鲜血浸透了这片土地，近5万名英烈献出了宝贵的生命，而其中有名有姓的只有15000余名，绝大多数均为无名烈士。党的生日这天，我们一行怀着无比崇敬的心情来到位于茨坪北山上的井冈山革命烈士陵园。在位于陵园中心的革命烈士纪念堂，面对鲜红的党旗，我们重温了入党誓词。在纪念堂四周嵌刻着无数先烈英名的墙壁面前，我们仿佛回到了那血雨腥风的斗争岁月，每个人的心灵都受到了极大震撼。除烈士陵园外，这里迄今保存完好的革命旧址遗迹达100多处，其中21处被列为全国重点文物保护单位。1962年，朱老总视察井冈山时，称井冈山为"天下第一山"。的确，作为革命传统教育基地的井冈山在党史、军史和中国革命斗争史上创造了许多个"第一"："第一块农村革命根据地""第一块军事根据地""第一支工农武装""第一次从组织上确立了党对军队的绝对领导""第一次在军队中实行民主制"……

其实，把井冈山称为红色的土地，除了这里有极为深厚的红色底蕴之外，还因为这里的土地原本就是红色的。一踏上这片热土，你会真切地感受到这片褐红色的土壤厚重的内涵与坚实的品格。红土地、红米饭、红军桥、红军洞、红色歌谣、红歌广场，还有那漫山遍野的映山红，构成了一道道耀眼的红色风景。

这是一片绿色的海洋。井冈山森林覆盖率高达85.6%，植物种类3800多种，有着"天然氧吧""绿色宝库"的美誉。走进井冈林海，松涛阵阵，绿浪翻滚，令人心潮起伏。这里盛产杉、竹、松、楠、梓、柏、油茶等用材林和经济林，其中不乏国家保护的珍稀植物。说到这片浩瀚的绿色，尤其应当提及的是那漫山遍野的井冈翠竹。这里除了生长着大量的楠竹，还有方竹、紫竹、苦竹、淡竹、寒竹、实心竹、观音竹、罗汉竹等。我国现有的250多种竹子中，井冈山就有一半之多。徜徉在竹海之中，竹影婆娑，竹香阵阵，缕缕金色的光柱穿透随风摇曳的竹林，切换出一幅幅变幻莫测的光影图，让人有美不胜收的感觉。

当年，井冈翠竹为赢得革命胜利发挥过特殊的作用。竹林曾是红军隐蔽藏身的场所，竹钉曾是红军战士布设陷阱杀伤敌人的利器，竹竿做过朱德和军民挑粮的扁担，竹笋曾是红军充饥的食物，竹篾编织过红军的斗笠，竹叶传送过红军的哨令，竹筒盛过当地群众给红军送去的盐巴。如今，井冈翠竹又为这片红色的土地增添了无穷的魅力和勃勃的生机。

这是一座崛起的城市。在改革开放的大潮中，井冈山人民艰苦奋斗，开拓创新，全市综合经济实力持续增强。十年平均增幅高于全国平均水平，财政收入十年间增长了五倍。最难能可贵的是，井冈山人坚持"既要金山银山，更要绿水青山"的发展理念，多次荣获国家级环保奖项，在生态文明建设这一历史性课题上交出了一份漂亮的答卷。车行沿途，一栋栋建筑风格别致的农家小楼掩隐在青山绿树之中，像是一幅幅流动的画，又像是一首首凝固的诗，让人真切感受到了"风景这边独好"的意境。

"千里来寻故地，旧貌换新颜。到处莺歌燕舞，更有潺潺流水，高路入云端……"1965年5月，毛泽东同志在时隔38年后故地重游，写下了著名的《水调歌头·重上井冈山》。半个世纪后的今天，井冈山更是今非昔比。我们有理由相信，在科学发展观的引领下，在老区人民的不懈奋斗下，井冈山革命圣地的明天一定会更加美好。

小城故事多

　　新县，地处大别山腹地，鄂豫皖三省接合部，素有"三省通衢"和"中原南门"之称。

　　新县的前身为经扶县。1932年10月，国民党蒋介石政府为了便于控制鄂豫皖边界的大别山区，对付革命力量，以当时河南省政府主席刘峙之字"经扶"为县名，以新集为县治，设立经扶县。1947年8月28日，刘邓大军攻克新集。12月，根据刘伯承、邓小平提议，改经扶县为新县，意即人们获得新生，过上幸福生活。在革命战争年代，新县是鄂豫皖革命根据地的中心，"山山埋忠骨、岭岭皆丰碑、村村有烈士、户户有红军"是对新县革命战斗史的真实写照。

　　说起新县，自然离不开"红"和"绿"这两个话题。作为"红军的故乡，将军的摇篮"，新县是全国著名的革命老区和将军县，这里是土地革命时期鄂豫皖苏区首府所在地，还是著名的黄麻起义的策源地、坚持大别山红旗不倒的中心地、刘邓大军千里跃进大别山的落脚地。在这块红色的土地上，先后诞生了红四方面军、红二十五军、红二十八军三支红军主力部队，孕育了许世友、李德生、郑维山等43位共和国将军和50多位省部级领导干部，留下了董必武、刘伯承、邓小平、徐向前、李先念、徐海东等老一辈无产阶级革命家的战斗足迹。在血与火的岁月里，新县儿女为了新中国的诞生，以"为有牺牲多壮志，敢教日月换新天"的豪迈气概，前赴后继，英勇战斗，当时不足10万人的新县，就有5.5万人为国捐躯。

新县境内遍布革命历史遗迹，全国和省级文物保护单位16处，革命历史遗迹和纪念地365处。其中最具代表性的有中共中央鄂豫皖分局旧址、红四方面军总部旧址、鄂豫皖军委航空局旧址、苏区首府革命博物馆、革命烈士陵园、许世友将军墓及故居等红色景点。除此之外，这里还有三个全国第一：中国工农红军第一架飞机——"列宁号"于1930年2月在新县命名；中国工农红军第一个航空局——鄂豫皖边特区军委航空局于1931年4月在新县新集城北普济寺成立；鄂豫皖苏区第一届体育运动会于1932年5月在新县新集举办。正是因为有如此丰富的革命传统教育资源，新县先后被中宣部和河南省人民政府命名为"全国爱国主义教育示范基地"和"全省国防教育基地"。

说完"红"，我们再来说说"绿"。新县居华中、华东、华北三大植物区系的交汇处，动植物资源十分丰富，森林覆盖率达72%。这里层峦叠嶂、群山连绵，"七山一水一分田，一分道路和庄园"。靠山吃山，新县人大力发展生态经济，银杏、板栗、茶叶产量均为河南县级之最。丰富多样的植物又为现代中草药的发展提供了取之不尽、用之不竭的资源。以研制生产生物制药和现代中药为主的羚锐公司作为全国革命老区第一家上市企业，其法人治理结构及运行质量居河南省上市企业之首，在全国上市企业中名列前茅。良好的生态环境促进了旅游业的发展，还为新县赢得了诸多荣誉，"中国人居环境范例奖""国家级生态示范县""全国经济林建设先进县""国家卫生县城"等等。

新县县城坐落于逶迤伟岸的群山环抱中，小潢河穿城而过，把小城一分为二。远远望去，精致秀美的小城宛如一幅迷人而又朦胧的水墨画卷，极富诗情画意。

厚重的红色文化提升了新县的品位，同时也推动了新县的经济发展。近年来，新县经济建设取得了显著成效，县域经济综合实力由1996年的全省末位上升至2008年的第51位。一位到新县视察工作的领导动情地说道："新县是省际边界上的一个小县，一个山区小县几年发生这么大的变化，令人感叹。"

"争当中原崛起后起之秀排头兵"，新县正在绘制新的发展蓝图。我们有理由相信，在这片鲜血染红的土地上，一定会演绎出更加美丽的故事。

"小城故事多，充满喜和乐，若是你到小城来，收获特别多……"今日的新县，正以崭新的面貌喜迎四海宾朋和八方来客。

难忘的寻根之旅

我的祖籍是苏北盐城，祖辈因躲避战乱而举家搬离盐城。五十多年来，我从未踏上过故乡的土地。因而重返故里寻根祭祖是我多年来的梦想。

圆回乡之梦还有一个更重要、更有意义的原因，那就是我曾经工作了三十多年的第二十集团军曾是威震江南、战功赫赫的新四军的一支老部队。1991年，军委主席江泽民同志视察这支部队时，曾亲笔题词"发扬新四军优良传统，建设新时期钢铁长城"，以勉励官兵。而盐城又是皖南事变后新四军重建和战斗的地方，因此，无论过去还是现在，盐城和新四军这个名字是紧紧地联系在一起的。从这个意义上讲，作为祖籍所在地的盐城，对于我这个老兵来讲，这个"根"还具有更加特殊的情结和更加不同寻常的意义。正因为如此，早日回祖籍寻根的心情就显得愈加迫切，愈加强烈。

在纪念红军长征胜利70周年的日子里，我终于踏上了期待已久的返乡之旅。作为一名新四军的传人，我此行的另一个重要目的便是去探寻革命先辈们的战斗足迹。

在盐城，除了新四军军部旧址——泰山庙外，能够集中反映新四军发展历程和光辉业绩的便是矗立于盐城市建军东路北侧的那座蔚为壮观的新四军纪念馆。纪念馆于1984年5月筹建，1986年10月建成，占地面积100亩，设有雕塑区、碑林区和展览区。展览大厅分为上下两层，正门前上方有新四军臂章"N4A"的图案和国家原主席李先念题写的馆名。馆内设序厅和7个主展厅，真实再现了1937年12月至1947年1月间新四军的战斗历程。

在盐城军分区同志和孙馆长陪同下，我怀着十分崇敬的心情，缓缓步入纪念馆前的广场。广场两侧的碑林，镌刻着老一辈无产阶级革命家和知名人士颂扬新四军不朽功绩的诗文。江泽民同志于1990年5月为纪念馆题写的"江淮英杰，卫国干城"八个大字，在阳光照耀下熠熠生辉。

新四军是抗战时期中国共产党领导的一支人民军队。1937年7月全面抗战爆发，在民族危亡的紧要关头，国共两党经过谈判，终于达成第二次合作。10月12日，国民党当局宣布，将南方8省14个地区的红军和游击队改编为国民革命军陆军新编第四军。1941年1月6日，国民党顽固派以加紧推行反共政策作为对日妥协的重要步骤，制造了震惊中外的皖南事变，并宣布取消新四军番号。1月20日，中共中央军事委员会发布了重建新四军军部的命令，任命陈毅为代理军长，刘少奇为政治委员。1941年1月28日，重建的新四军军部在盐城成立。根据中央关于整编部队的指示，将全军扩编为7个师1个独立旅。新四军鄂豫挺进纵队整编为新四军第五师，李先念任师长兼政治委员，刘少卿任参谋长，任质斌任政治部主任，下辖第十三、十四、十五3个旅及3个地方游击纵队。重建后的新四军继续坚持华中敌后抗战，粉碎了日、伪军的"扫荡""清乡"和国民党顽固派的屡次进攻，创立、发展和巩固了苏中、苏北、淮南、淮北、鄂豫皖、皖中、浙东等敌后抗日根据地。1944年，新四军转入局部反攻。1945年8月9日，毛泽东发表《对日寇的最后一战》的声明，新四军和八路军及其他抗日武装一起，进行大反攻，取得了抗日战争的最后胜利。在抗日战争中，新四军共抗击和牵制了16万日军、23万伪军，光复国土25.3万平方公里，建立了横跨5省辖8个战区的华中抗日根据地，为中国人民抗日战争和世界反法西斯战争的胜利做出了巨大贡献。毛泽东赞颂道："国民革命军新编第四军抗战有功，驰名中外。"

新四军纪念馆正是为了纪念和缅怀这支在抗战中驰骋江淮，华中的人民军队而修建的，它是目前国内唯一的也是最系统、最全面反映新四军战斗历程的综合性史料馆。纪念馆对外开放以来，已接待国内外参观者数千万人次。

在解说员的引导下，我步入纪念馆的展厅，目睹一幅幅照片和一件件实物，我的心灵被震撼了，在那个血雨腥风的年代，新四军健儿们浴血奋战，足迹遍布华东、华中。他们在缺枪少弹、缺衣少粮、缺医少药的艰苦条件下坚持作战，即便是在遭受重大挫折后依然无所畏惧，勇往直前，坚持抗战到底。新四军为中国的抗战事业、解放事业，做出了巨大牺牲，包括抗日名将彭雪枫在内的8万多名官兵血沃中华。先烈们的鲜血，浇灌了华中敌后的自由之花、解放之花，也换来了民族解放的辉煌功绩。

新四军老战士、全国人大常委会原副委员长叶飞上将曾撰文总结了新四军发展壮大、不断取得胜利的法宝，即：始终坚持党指挥枪的原则；坚持与人民群众保持密切的鱼水关系；坚持灵活机动的战略战术；坚持军队优良的政治和军事素质。这些军队建设的宝贵经验，经历了血与火的考验，对新时期我军现代化建设具有重要的借鉴意义。

走出展览大厅，站在纪念馆的台阶上极目远眺，昔日战争的硝烟早已散尽，温暖的阳光亲吻着浸透烈士鲜血的土地。处在改革开放新时期的盐城正焕发着无限生机与活力，富裕起来的盐城人民，依然保持着新四军的优良传统，他们正以更大的战斗热情，谱写着老区建设的新篇章。

"八省健儿汇成一道抗日的铁流，东进、东进，我们是铁的新四军……"高亢激越的《新四军军歌》将永远回响在后人心中。

矗立在大别山的红色丰碑

在钟灵毓秀的豫南大地信阳，巍然挺立着一座气势恢宏的纪念馆——鄂豫皖革命纪念馆。它是信阳市委、市政府为缅怀先烈的丰功伟绩，弘扬大别山精神而兴建的，全面系统、生动形象地展现了鄂豫皖革命老区30年的光辉历史。

鄂豫皖革命根据地，是土地革命时期仅次于中央苏区的全国第二大革命根据地，在中国革命史上具有重要地位。这里是红军的摇篮，在革命战争年代，这里培育出了红一军、红四军、红二十五军、红二十八军等多支红军主力部队。这里是将军的故乡，在艰苦卓绝的革命战争中，殷红的土地培育出一代代英才，从这里走出了许世友、李德生、郑维山、尤太忠、万海峰等信阳籍名将。周恩来、刘少奇、邓小平、董必武、刘伯承、叶剑英、徐向前、李先念等老一辈无产阶级革命家在这里留下了光辉的足迹。在中国共产党领导下，大别山革命老区人民为中华民族的解放事业前赴后继、英勇奋斗，近百万人壮烈牺牲，以鲜血和生命赢得了"红旗不倒"的崇高荣誉。

鄂豫皖边区是马克思主义传播最早的地区之一。早在中国共产党成立之前，恽代英就曾到大别山区宣扬马克思主义。1921年，中国共产党成立后，鄂豫皖边区很快也建立了党组织。从1927年秋至1929年秋冬之间，鄂豫皖地区相继举行了黄麻起义、商南起义、六霍起义，为鄂豫皖革命根据地的建立奠定了基础。1930年6月，鄂豫皖边区第一次工农兵代表大会召开，成立了鄂豫皖边区苏维埃政府，民主选举产生了苏维埃政府组成人员，鄂豫皖革命根据地正式形成。1930年10月，中共中央把鄂豫皖根据地列为全国六大根据地之一。

如今，战争的硝烟早已散尽，但大别山精神是永恒的。在豫南明珠信阳，兴建这样一座纪念馆，以此彰显大别山的光辉历史，激励后人传承先烈遗志，再创老区新辉煌。

纪念馆坐落在信阳市北京路和107国道交会处，占地约3万平方米，建筑面积约6200平方米，建筑总高度16米。2007年4月28日建成开馆，以缅怀革命先烈丰功伟绩，纪念刘邓大军跃进大别山胜利60周年。"鄂豫皖革命纪念馆"以江泽民同志题写馆名的红色为基调，以千里跃进大别山的"千"字为建筑造型，以百位将军雕像和鄂豫皖红色根据地地图、三十万烈士英名为墙面浮雕，展现了大别山厚重的革命历史，反映了战争年代英雄的老区儿女创造的辉煌业绩。

整个纪念馆陈列由序厅，第一部分《大别风雷，星火燎原》，第二部分《红军摇篮，将军故乡》，第三部分《红色苏区，共铸辉煌》，第四部分《红色土地，艰苦卓绝》，第五部分《江淮抗战，中流砥柱》，第六部分《中原突围，铁流千里》，第七部分《千里跃进，伟大壮举》，及结尾厅《将星璀璨》组成。走进纪念馆的序厅，首先映入眼帘的是一组老一辈无产阶级革命家的雕像，这些雕像形态逼真、个性鲜明。在序厅的一侧墙壁上刻有红色经典歌曲《八月桂花遍地开》的词谱。这首诞生于信阳市商城县的民歌，在血与火的岁月里，红军战士唱着它去英勇战斗、去开创根据地，这首歌唱到哪儿，根据地就建到哪儿。

在内容上，纪念馆重点展示了鄂豫皖革命根据地各个时期的珍贵照片一千余幅，革命历史文物三百多件，突出"邓小平在王太湾""刘、邓大军千里挺进大别山"等主题。以图片和实物对应的方式，全面展示鄂豫皖革命根据地形成、发展和不断壮大的过程，着重介绍了从大革命时期到解放战争时期各个历史阶段发生在鄂豫皖大地上的重大历史事件。

在高科技陈列手段上，采用了幻影成像、互动投影、电子翻书、电动图表、动态影像、等离子触摸屏、大型电子地图、电子感应播放等，声、光、电综合运用。大型电子地图，自动变换着各个时期的鄂豫皖革命形势图；等离子触摸屏方便参观者查看与鄂豫皖根据地有关的资料；动态影像滚动播放着与鄂豫皖根据地相关的影像片段……

鄂豫皖是一首诗，纪念馆的落成，使这首诗更加震撼心灵；鄂豫皖是一幅画，纪念馆的落成，使这幅画更加风光无限；鄂豫皖是一首歌，纪念馆的落成，使这首歌更加高亢激越。鄂豫皖革命纪念馆，是一座红色的丰碑，它不仅记录着鄂豫皖革命根据地光辉的历史，更激励着人们去创造美好的未来。

缅怀叶挺将军

仲夏时节，风和景明。我与同事一道，前往鄂西南的恩施参观瞻仰了叶挺将军囚居旧址纪念馆。

叶挺将军囚居旧址纪念馆位于湖北省恩施市叶挺路112号，背靠梁子山，面临西门河，209国道从馆前经过。纪念馆占地总面积3000平方米，是湖北省国防教育基地和"十佳"爱国主义教育示范基地。

参观叶挺将军囚居旧址纪念馆是我多年来的心愿。之所以有这样的愿望，是因为我的老部队——第二十集团军的前身就是新四军第一纵队。尽管我已脱去军装多年，但新四军是我的根脉。叶挺将军是新四军的首任军长，无论过去、现在还是将来，他都与新四军紧紧地联系在一起。

囚居旧址为土木结构、布瓦面民房，东向，正屋3间，厢房2间，民间俗称"钥匙头"建筑形式，有拖檐2间，屋内摆放着一些简单的旧家具。皖南事变中遭国民党当局无理扣押和非法拘禁的叶挺将军曾两度被秘密软禁于此，历时2年之久，是叶挺将军被囚禁时间最长的地方。

1983年经湖北省人民政府批准，恩施市筹集资金21万元，于原址处按原样修复了叶挺将军囚居旧址，并增建了纪念馆。纪念馆占地175平方米，有两层展厅，展陈面积330平方米。纪念馆一楼展厅陈列叶挺将军生平事迹图片，共展出140余幅珍贵历史照片。二楼展厅陈列有《恩施抗战》的珍贵文物史料图片150余件。

缓步走进馆内，一幅幅珍贵照片，一篇篇文字史料，一件件将军遗物，再现了叶挺将军一生追求真理，忠诚党和人民，与反动势力做斗争的高尚品质与大无畏精神。尤其是面对蒋介石的劝降，叶挺将军丝毫不为所动，展现了共产党人崇高的革命气节。

我们饱含追思和敬仰之情，用心体味照片背后凝固的历史，用心感悟叶挺将军对崇高理想的坚定信念、对革命事业的执着追求。我耳边仿佛又响起了那首令人感怀的《囚歌》：

> 为人进出的门紧锁着，
> 为狗爬出的洞敞开着，
> 一个声音高叫着：
> ——爬出来吧，给你自由！
> 我渴望自由，
> 但是我深深地知道——
> 人的身躯怎能从狗洞子里爬出！
> 我希望有一天，
> 地下的烈火，

将我连这活棺材一齐烧掉，

我应该在烈火与热血中得到永生。

　　走出纪念馆展厅，我又来到后山，沿台阶拾级而上，站在叶挺将军的塑像前极目远眺。当年，新四军在极为艰难的环境中，为中国抗战胜利做出了巨大贡献。饮水思源，无数革命先烈用鲜血和生命为我们换来了今天的幸福生活！

　　此次叶挺将军囚居旧址纪念馆之行虽然只有不到半天的时间，但于我而言，无疑是一次心灵洗礼。叶挺将军虽然早在70多年前不幸罹难，但他的精神和事迹将"在烈火与热血中得到永生"。

置身开天辟地大事发生的地方

2009年深秋时节，正在上海浦东干部学院学习的我，怀着敬仰之情，参观了上海中共一大会址纪念馆。

上海中共一大会址纪念馆位于上海市兴业路76号（原望志路106号），这座饱经沧桑的石库门建筑由青色砖瓦砌成，乌漆的大门上一对黄铜吊环，拱形的石雕门框质朴厚重，这在繁华的现代化都市中显得格外庄严肃穆。1921年7月23日，中国共产党第一次全国代表大会在这里举行。尽管当时参加会议的代表只有13人，代表的也只是当时全国各地7个共产主义小组的50多名党员，但星星之火，从此开始燎原，中国共产党的诞生让当时处于黑暗和痛苦之中的人民看到了曙光和希望。

从充满现代化气息的繁华都市走进庄严肃穆的纪念馆，我似乎走进了时空隧道，瞬间穿越了近一个世纪的时光，来到那个风雨如磐的峥嵘岁月。置身于纪念馆之中，我感受到神圣而又肃穆的气息。我缓缓地移动脚步，怀着无比崇敬之情，用心感悟革命先辈的对共产主义事业的坚定信念、对改变未来中国前途命运的决心和意志。

纪念馆一层是观众服务设施，设有门厅、多功能学术报告厅和贵宾厅。二层为《中国共产党创建历史文物陈列》展览厅。基本陈列由《中共"一大"会议室旧址陈列》和《中国共产党创建历史文物陈列》两部分组成。

"一大"会议室旧址客厅正中是一张长方形的西式大餐桌，桌上摆放着茶具、花瓶和紫铜烟缸。餐桌四周围着12只圆凳，东、西两壁各有茶几1张，椅子2把，靠北墙板壁处还有两斗桌1张。客厅内所有家具物品的陈设均按有关当事人的回忆，根据原样仿制，从而使参观者有了身临其境的感受。

《中国共产党创建历史文物陈列》由三部分内容组成：中国共产党成立的历史背景；中国共产党早期组织的成立及其活动；中国共产党第一次全国代表大会召开的全过程。陈列室内还按照历史资料开辟了蜡像室，在柔和的灯光下，依据中共"一大"会议场景制作的蜡像特别引人注目。这些蜡像形象地刻画出当年出席中共"一大"会议的15位出席者（包括2位共产国际代表）围桌而坐、热烈讨论的生动场景。毛泽东慷慨陈词，董必武侧耳倾听，李达会心微笑……正是在这次不同寻常的会议上，一个以拯救危难之中的中华民族为己任、以代表劳苦大众的根本利益为指向的政党——中国共产党成立了。中国革命从此翻开了崭新的一页。

怀着对老一辈无产阶级革命家无限敬仰的心情，我走出了纪念馆。面对如今上海这座国际大都市日新月异的变化发展与繁荣景象，抚今追昔，我百感交集，对"没有共产党就没有新中国"这句话有了更加深刻的理解和认识。中国共产党以非凡的智慧和大无畏的英雄气概，战胜千难万险，带领中国人民实现了从站起来、富起来到强起来的历史性飞跃。进入中国特色社会主义新时代，中国共产党带领下的全国人民正阔步前进在梦圆"两个一百年"的伟大征程上。

"作始也简，将毕也巨。"从建党之初的50多名党员的领导人民革命的政党，成长为今天的执政党，中国共产党不忘初心、牢记使命，奋力谱写着中华民族伟大复兴的崭新篇章。

明斯克号航母的中国传奇

　　"到深圳，看航母！"凡是到深圳的游客，都不会错过去沙头角明斯克海上军事主题公园一睹明斯克号航母风采的机会。零距离接触航母，对于大多数人，尤其对于一名军人来说，无疑是一件十分向往的事。2002年春，我也慕名登上了明斯克号航母。

　　自登上明斯克号的那一刻起，我就被它征服了。它那山峰一样的舰岛，平原一样的甲板，巨臂一样的防空大炮，深井一样的导弹发射架，地宫一样的飞机库，蜘蛛网一样的管线，迷宫一样的长廊，无不震撼着我的心灵。虽然它已被改造成为一座海上旅游场所，但作为曾经的"海上霸主"，它依然保持着傲视群雄、威风八面的高昂姿态。

　　明斯克号航空母舰诞生于苏联，以加盟共和国——白俄罗斯苏维埃社会主义共和国的首都明斯克命名，于1972年12月28日在尼古拉耶夫造船厂开工建造，1975年9月30日下水，1978年9月

27日服役。虽然被称为"海上雄狮"，但明斯克号航母却命运多舛。1979年，明斯克号建造完成后被调到苏联太平洋舰队服役，母港设在海参崴。曾长期巡弋于日本列岛周边海域，一度让日本忧心忡忡。苏联解体后该舰由俄罗斯接手，但由于国内财政紧张，明斯克号被长期搁置后于1993年退役。1995年底，明斯克号被出售给韩国大宇集团，后于1998年8月被中信买进，并被改建成军事主题公园，即深圳明斯克航母世界。

深圳精神之精髓在于"敢为天下先"。把一艘航空母舰改造成一座海上军事主题公园，这样的创意不能不说是一个了不起的创举。就连明斯克号首任舰长维克多·亚历山大·科基拉耶夫都说："这些年来尤其是退休后，一想起当年和部下驰骋世界各大洋就想起明斯克号，没想到这只蒙难小海豚最后被善良友好的中国人搭救了。"

改造后的明斯克号航母，凸显旅游特色，舰上共开发了近3万平方米的观光面积，航母上原有的强大装备、作战指挥系统、鱼雷发射舱、导弹模拟发射装置以及水兵生活区等内容赫然在目。在指挥中心，模拟演示的 C3I 系统，让人逼真地感受到电子战的激烈场景。飞行甲板上停放的性能先进的作战飞机、射程各异的舰对舰和舰对空导弹、鱼雷以及大口径火炮等舰载武器系统着实让人叹为观止。此外，在文化表演方面，俄罗斯演员激情的演出、仪仗队整齐的表演则让人感受到异域文化的独特魅力。总之，作为集国防教育、科普教育、文化娱乐于一体的海上军事主题公园给人留下的印象是难忘而又深刻的。

站在海岸线上，回首眺望，那曾经的超级战争武器，如今正扮演着和平使者的角色。海风轻拂，海浪轻逐，我的心情与波涛起伏的大海一样，极不平静。作为一个拥有300多万平方公里海域、1.8万公里海岸线的大国，中国一定要拥有自己的航空母舰。

【延伸阅读】这篇文章写于2003年，当时我们国家还没有航空母舰。2012年9月25日，中国第一艘航空母舰——辽宁舰在中国船舶重工集团公司大连造船厂正式交付海军。2017年4月26日，我国首艘国产航母——001A型航母在大连正式下水。目前，这艘真正意义上的国产航母已进行过多次海试，即将交付中国海军入列服役。作为海洋大国，中国的航母时代已经到来，中国海军正迈着阔步从浅蓝走向深蓝。

边关纪事

『晓战随金鼓，宵眠抱玉鞍。』在古代诗人的笔下，边关历来是与烽烟战争、苦难艰困、荒芜悲凉联系在一起的。其实，岂止是遥远的古代，现如今的西藏雪域高原等边关地区的戍边将士，同样身处边关冷月、暴雪狂风、高寒缺氧等恶劣的自然环境之中。为了维护祖国领土的完整和边境的安宁，他们常年枕戈待旦，终日与钢枪为伴，用青春和热血谱写了一首首感天动地、可歌可泣的新时代边塞诗篇。

不了的西藏情结

人的一生，往往会产生多种多样的情结，抑或对人，抑或对物。而西藏永远是我割舍不断的情结，这种情结源于我曾在西藏工作和生活了一年的时光。

进藏之前，西藏于我是陌生和遥远的。进藏之后，一方面领略了高原自然风光的雄奇和苍凉，另一方面也真正感受到了雪城边关环境的艰苦与恶劣。同时也真切地体会到了边防军人的无私、伟大和艰辛。进藏伊始，我通过参观军史馆、瞻仰烈士陵园、阅读军史资料等途径，了解了驻藏官兵保卫边疆、建设西藏的动人事迹。

西藏和平解放50多年来，一代又一代戍边军人始终发扬"特别能吃苦，特别能忍耐，特别能战斗，特别能团结，特别能创业"的老西藏精神，以"缺氧不缺精神，艰苦不怕吃苦"的豪迈气概战天斗地。许多戍边多年的老边防"献了青春献终身，献了终身献子孙"，在雪域边关一干就是几十年。新一代军人继承了老一辈军人的优良传统，在卫国戍边岗位上默默奉献着自己的青春年华，用实际行动诠释了艰苦奋斗精神的本质内涵。置身于这样的环境，我的思想受到了震撼，我的心灵得到了净化。在西藏代职一年，我真真切切地领悟到了西藏历史的厚重、领土的神圣、青春的可贵乃至生命的崇高。这或许就是我有如此浓重的西藏情结的根本原因吧。

西藏，是圣洁的，那里没有喧嚣和嘈杂。蓝天白云、青山绿水，一切都是那样的恬淡宁静。有人说，西藏是世间最后一片净土。的确，在那里，无论是将军，还是士兵，谁都无法享有超越严酷自然环境的特权。官兵一致，同甘共苦，相互之间凝成了生死相依的革命情感，产生上下同心的巨大凝聚力。代职期间，我时时感受到战友之间的深厚感情。2002年4月的一天，我在分区机关颜科长等人陪同下，去一个边防连队检查工作。连队四周荒无人烟，完全是一座孤岛。我们行至离连队约10公里的山腰时，车出了故障。司机小陈下车一检查，毛病还不小，怎么办？我们陷入了进退两难的境地。颜科长告诉我，在高寒缺氧的野外过夜，十分危险。这种情况下，我们当即决定，让参谋和司机小陈就地等待援兵，我和颜科长步行去连队。在平地这10公里的路程根本不算什么，但在高原上可就不一样了，刚开始我还能勉强坚持，走出几公里之后就明显感到体力不支了。随着不断上升的海拔高度，我的两条腿像灌了铅一样沉重，呼吸也愈加急促。尽管服用了事先就准备好的红景天药液，但也无济于事。颜科长看到我的状况后，急忙架起我，我们两个深一脚浅一脚地向连队走去。正当我们几乎绝望的时候，远处隐隐约约出现了一支队伍。连队官兵来接我们了。原来，连队收到营部电报，得知我们一行将去连队。然而预定到达的时间早已过了，仍不见我们的踪影。于是，连长周新荣便率领一排战士，来接应我们。见到前来救援的战友，我有一种绝处逢生的感觉。我们简单地向周连长介绍了情况，周连长当即决定亲自带两个班的战士去救援被困的车辆，剩余的战士护送我和颜科长回连队。之后的路程，我在战士们的搀扶下，最终艰难地到达了目的地。有人测算过，在海拔3000多米的地方，人徒步行走相当于平地负重30公斤，行走1小时，相当于武装越野10公里。而连队的战士们要经常负重攀爬海拔4000多米的高山，由此可想他们是多么艰辛。

下山之前，我问战士们有什么需要。出于对我的信任，几名战士不约而同地提出让我回到分区后，给他们家中打个电话，报个平安。回到分区机关，我办的第一件事，就是一一向战友家中打电话报平安。

一生中，我到过很多地方。随着时间的流逝，有些地方已从我的记忆中消失。而唯有西藏始终是一个让我魂牵梦萦、让我为之牵挂的地方。时光流逝，对西藏的这种情结非但没有丝毫减弱，反倒与日俱增，愈加浓厚。

总之，在雪域边关经历了一年的磨砺之后，我对西藏这片高天厚土产生了一种别样的依恋感。我始终觉得，许多地方可以不去，但是西藏不可不去；许多地方去过之后就不必再去，西藏则应当再去。

感悟大山

　　大凡初到西藏的人，都会有这样一种感受，即西藏的山实在是太多了。正如《青藏高原》中所唱的那样："我看见，一座座山，一座座山川，一座座山川相连，呀啦索，那就是青藏高原……"

　　2001年7月，在总政治部的统一组织下，作为全军首批赴边远艰苦地区代职锻炼的师团职领导干部中的一员，我走进了西藏这片神奇的土地。从小在都市里长大的我，有了一次跟大山亲密接触的机会。一年的代职锻炼，使我真正了解了祖国西南边陲这片充满神奇色彩的大山，同时也真正了解了生活战斗在大山深处的边防军人。

　　地质学家的研究证明，大约在两亿年以前，珠峰地区乃至整个喜马拉雅山一带，是一片汪洋。由于印度板块向亚洲板块挤压，喜马拉雅山开始隆起，形成了一片"大山的海洋"。这就是有"世界屋脊"之称的青藏高原。许多地理学家和探险家把珠穆朗玛峰与南极、北极相提并论，称它为地球的"第三极"。

很多人都知道西藏是"世界屋脊"，但并不知道它的具体含义。这是因为西藏高原上有许多闻名世界的高大山脉，如喜马拉雅山脉、冈底斯山脉、念青唐古拉山脉、喀喇昆仑山脉、横断山脉。其中，喜马拉雅山脉全长2400多公里，山势高峻雄伟，平均海拔6000米。其间，高峰林立，海拔超过7000米的山峰有50多座，海拔超过8000米的有10座。海拔8844.43米的世界第一高峰珠穆朗玛峰就耸立在中尼边界上，为地球之巅，万山之首。

绵延不断的冰山雪峰把雪域高原装扮得雄奇妖娆，但同时又给西藏军民的出行带来极大困难。经过50多年的建设，西藏的交通有了根本性的变化，但重重大山仍然是制约西藏发展的障碍。目前，从自治区首府拉萨到各地区之间均已修筑了沥青公路，但因这些公路大都依山傍水而建，因而路面窄、纵坡大、弯道多，冬季常被大雪封堵或者结成冰滩，夏季又容易造成山体滑坡、塌方，行车非常危险。

雪域高原的景色是十分壮美的，但高寒缺氧的生存环境又是非常恶劣的。然而正是在这样艰苦的环境中，戍边军人铸就了山一样坚韧的性格，官兵们与寂寞相处，与钢枪为伴，保家卫国的信念，和着一身绿军装，深深地融入了生命之中。戍边官兵们艰苦恶劣的生存环境是常人难以想象的。边防一线连队大多驻扎在人迹罕至的大山深处，住的是四壁透风的木板房，喝的是山上融化的雪水。由于受到大山的阻隔，交通和通信就成了最为困难的事情，一般情况下，战士们得三四个月甚至更长时间才能收到家人的来信，家属到部队探亲就更加难了。每年12月到次年5月初的大雪封山期间，一些边防驻地就成了与世隔绝的"孤岛"。墨脱是全国最后一个通公路的县，之前被誉为"雪域孤岛"，每年大雪封山长达8个月之久。进出墨脱全靠走路，途中要翻过海拔4500多米的多雄拉雪山，还要穿越蚂蟥、毒虫、野兽出没的原始森林，一路上随时可能遇到雪崩、暴雨、塌方等危险。进出一趟就要3至5天。部队所需物资，全靠人背马驮。墨脱边防营所在的分区领导告诉我，部队自进驻墨脱以来，已有数十名官兵倒在了这条进出墨脱的山路上。

边防官兵这种坚韧不拔的精神，也激起了我战胜困难、征服大山的勇气。在西藏代职的一年时间里，仅被我翻越的海拔5000米以上的大山就不在少数。其间，我曾冒着风雪登上了海拔4200多米、仅有四名官兵执勤的前沿观察哨所，也曾翻山越岭到达1962年打响中印边境自卫反击战第一枪的克节朗河地区，还曾穿越川藏公路线上的"排龙天险"……

在西藏代职锻炼的这一年里，我领略到了大山独特的美，感受到了大山无穷的魅力，同时也真切体会到了大山的冷酷与无情。从某种意义上讲，这一年也是我挑战大山、征服大山的一年，更是我走近边防官兵心灵的一年。这一年，我真切地感悟到，人的一生虽有种种体验，但最为深刻、最能教育启迪人的莫过于挑战生命极限的艰苦磨砺。当然，人不是为品尝苦难而活着，然而任何东西也代替不了艰难困苦所能给予人的教益。它是那样的铭心刻骨，它的深刻程度，超过了任何经典和教科书。

【延伸阅读】2019年4月，拉萨至林芝建成了西藏境内第一条高等级公路。往返拉萨、林芝两地的单向车程时间由8小时缩短为5小时。此外，从波密县扎木镇至墨脱县的公路也于2018年修通，从此结束了"雪山孤岛"不通车的历史。

穿越"排龙天险"

　　"排龙天险"是指川藏公路线上，从西藏波密县的通麦镇到林芝县排龙乡之间的一段近20公里的山路。部队的同志说，由于道路太险太差，车辆坠崖事故时有发生，过往的司机都视这段路为"死亡之路"。

　　2001年11月初，在林芝军分区代理副政委的我，率机关工作组去波密县人武部及所属连队蹲点，从而有机会亲身体验了"排龙天险"这一段路程的艰难与不易。这次经历虽然已经过去多年，但现在回想起来，依然令我不寒而栗。

　　那天上午9时许，我们从军分区驻地出发，约一个小时后，就到了海拔5000余米的色季拉雪山脚下，稍事休息，我们沿着S形盘山公路缓缓地向山顶进发。越接近山顶，空气越稀薄，呼吸也愈加困难。经过一个多小时的缓慢行驶，我们终于到达了挂满五颜六色经幡的山顶。虽然征服了这座雪山，我们的心情却一点也不轻松，因为大家知道，更加艰难的路程还在后面等着我们。

凡是到过西藏的人都知道，这里的公路实际上就是山路。"排龙天险"紧贴山崖开凿而成，公路下方是奔腾咆哮的易贡藏布江，水流湍急，发出震耳欲聋的轰鸣声，飞溅出大片的水花。此景此情，使我想起了《水经注》中描述黄河波涛汹涌、一泻千里的壮观景象："自砥柱以下，五户以上，其间百二十里，河中竦石桀出，势连襄陆……其山号辟，尚梗湍流，激石云洄，澴波怒溢。"公路的另一侧是景色宜人的大山，山上植被茂密，郁郁葱葱，挺拔高大的松树错落有致地夹杂在满山遍野的灌木丛之中，深秋时节那成片成片的红叶显得格外醒目。

景致虽美，我们却无心欣赏。中午12时，我们驶上"排龙天险"。仅一车多宽的路面，崎岖不平，泥泞不堪，车的底盘不时碰到路中间的石头，发出"砰砰"的声响。我浑身被颠得像散了架似的，同行的罗干事打趣道，这是在享受免费按摩。承受了颠簸之苦后，前方的路逐渐变得泥泞起来，道路被过往车辆碾出两道深沟，猎豹车多次陷入淤泥之中，好几次，我们不得不下车推车前行，车轮高速转动时飞溅的泥浆甩了我们一脸、一身，大家狼狈不堪。继续往前走，由于经常发生泥石流、山体滑坡，道路呈现出内高外低的斜坡状，坐在倾斜的车内，望着奔腾咆哮的江水，心中异常紧张，我尽量把身体向内侧挪动。大约一个小时后，我们到达塌方最严重的102道班地段。这一段山体结构极不稳固，山上不时有石头滚落。为了确保安全，一名同志下车，专门在车子前方注视山上的动静，一旦发现山上有石块滚落，立即示意停车避让。我们刚通过一个弯道，一块约1立方米的石块突然滚落下来，砸在我们车子后方的道路中央，又顺势滚入江中，尽管有惊无险，但我们仍被这突如其来的险情惊出了一身冷汗。

俗话说，一山分四季，十里不同天。西藏特殊的地理环境形成了特殊的气候特征。我们驶出102道班之后，天气说变就变，刚刚还艳阳高照，霎时间下起了瓢泼大雨，豆大的雨点砸在车身上发出劈劈啪啪的声响，汽车刮雨器此时也难以发挥作用，大片的雨水顺着风挡玻璃疾速向下流淌。雨幕密集，透过车窗向外望去，白茫茫一片，能见度不足10米。为防止发生意外，我们决定暂时停止前进，就地等待雨停后再向前行。大雨一阵狂泻之后，停了下来。道路更加泥泞不堪，车子艰难地沿着山路向前驶去。

经过近3个小时的颠簸，车子终于驶出这段不足20公里的"排龙天险"，抵达通麦大桥。守桥的武警告诉我们，这条道上，因遭遇泥石流、山体塌方，车辆被堵上几天是常有的事。我们竟然用了不到半天时间就通过了这段路，真算是幸运的了。

站在通麦大桥上，回首眺望那段艰辛之路，心中油然产生出一种喜悦之情。我在心中默默说道：排龙天险，等我回来的时候，还要再一次征服你！

天下第一坡

　　西藏自治区米林县城以南90公里外的原始丛林中有一处海拔3600米的山坡，那里赫然矗立着一块"天下第一坡"的牌子。这"天下第一坡"既非名人亦非古人所封，而是驻守在这里的前哨排的官兵们命名的。2001年8月上旬的一天，我徒步10多公里来到这"天下第一坡"。

　　那天早饭后，我便踏上了通往前哨排的路。为了防止我体力不支和途中遭到野兽袭击，营领导专门派了两名体格健壮的战士带上微型冲锋枪护送我上山。从连队到前哨排的路程不足20公里，却要走好几个小时。行进途中，我们冒着山体塌方的危险，踏着没过脚背且冰冷刺骨的雪水，艰难地向目的地进发。一些坡度陡峭的地段，必须手脚并用，爬行通过。稍有不慎，就可能跌进奔腾咆哮的河谷之中。经过3个多小时的跋涉，我们终于到达了前哨排驻地。

说是"天下第一坡"，其实不过是喜马拉雅山脉中的一个普通山坡。"天下第一坡"，原名桑格尔桑坡，战士们习惯称它为桑坡，桑坡向南约10公里，即是臭名昭著的麦克马洪线；向北约14.5公里便是连部驻地莫洛。这14.5公里不通公路，道路崎岖、泥泞、险峻，穿行于植被茂密、古木参天的原始森林之中。

这里生存环境的艰苦是常人难以想象的，特殊而又恶劣的自然条件对官兵的意志品格、心理素质是一种严峻甚至近乎残酷的考验。由于不通公路，给养要靠官兵们从几十里外的连队背上山。尤其是每年大雪封山的季节，桑坡几乎成了与世隔绝的"孤岛"。交通的不便又带来通信的困难，家人的来信基本要一个月甚至更长时间才能收到。由于受温带海洋性季风气候的影响，当地降水尤其充沛，每年4月至10月，连绵不断的降雨给官兵们的工作生活带来许多困难。一旦出现病号，前哨排只能通过军用电台联系百公里之外的营部军医，进行"远程诊断"。每天，前哨排的官兵们都要全副武装，徒步几十公里，逐一巡逻边境线上的各个山口。可以想象，其体力消耗是非常之大的。他们常说，巡逻虽然辛苦，但我们代表国家行使主权却是无上光荣的。

正是在这样的环境之中，前哨排的官兵们凭着对祖国、对人民的一腔忠诚，在卫国戍边的岗位上默默奉献着自己的青春年华，在和平年代谱写了一曲曲可歌可泣的英雄赞歌。每天清晨，战士们都迎着朝阳，在坡上举行庄严的升旗仪式，没有雄壮的乐曲伴奏，《义勇军进行曲》的旋律是从战士们的心底流淌出来的。战士们说，在我们心中国旗是最神圣的，每当看到高高飘扬的五星红旗，就无比自豪和骄傲。在哨所的墙壁上，战士们写下了"以苦为荣，阵地为家""艰苦不怕吃苦，缺氧不缺精神"的标语，以此激励自己。为了丰富文化生活，战士们硬是在乱石坡上平整出了篮球场和军体器械场；为了解决吃菜难的问题，战士们在海拔近4000米的山坡上搭起塑料大棚，种上辣椒、西红柿、黄瓜、茄子等20余种蔬菜。所有这些，都充分体现了边防官兵乐于吃苦、甘于奉献的优秀品质和高尚情怀。正因为有了这些敢于挑战艰难困苦、矢志守卫国门的戍边军人，桑格尔桑坡才有了这份安宁，祖国才沐浴着和平的阳光。

　　"天下第一坡"的美誉是当之无愧的，它既是对边防官兵吃苦耐劳、坚韧不拔精神的真实写照，又是对边防官兵矢志守卫国门的崇高嘉奖。

走进云雾山中的连队

"六月雪，七月冰，八月封山九月冻，一年四季刮大风，脚踩云朵雾中行。"

这是戍边老兵对旺东边防连生活环境的总结。代职期间，我曾在旺东边防连住了四天，亲身感受了这里艰辛的生活。

2002年3月下旬的一天，我与边防营苟教导员、分区机关黄参谋一行三人从营部出发，前往旺东边防连。越野车在崎岖坎坷的山路上以每小时不到10公里的速度缓慢而又艰难地行驶着，车身发出吱吱嘎嘎的响声。经过两个小时的颠簸，我们终于从海拔2400米的山脚到达了海拔4000多米的太宗山顶。上下1600多米的海拔落差，使山上山下形成两个截然不同的世界。山下植被茂密，杜鹃怒放，山上却是冰天雪地，银装素裹。气温也骤然下降了10多摄氏度，真是高处不胜寒啊。

此时，我们距旺东边防连还有10多公里的路程。道路更加艰险，路的一侧就是悬崖峭壁，且路面窄，弯道多。坐在车里，望着窗外弥漫的雾气，我下意识地牢牢抓住扶手，手心全是汗。驾驶员小陈瞪大双眼，越野车像蜗牛一样慢慢向前蠕动着。我们又向前行驶了约2公里，遇到了一处山体塌方，几块大石头横在路中间，我们四人随即下车，试图将石块推开。但大家拼尽全力，石头却纹丝不动。无奈，我决定与苟教导员一同步行去连队，黄参谋与司机小陈就地等待援兵。此时，老天似乎在考验我们的意志，刚才还是好好的天气，转眼间竟然飘起了雪花，气温也下降了许多。海拔高，空气稀薄，我们每向前迈出一步，都要付出艰辛的努力，在苟教导员搀扶下，我们终于在天黑之前赶到了旺东边防连。我们中午一点出发，28公里路竟然花去了5个多小时。

旺东边防连的生活条件非常艰苦，官兵们住的是木板房，密封性不好，保暖性很差，室内与室外的温度相差无几。连长告诉我，旺东地处印度洋暖湿气流和高原冷空气交汇处，这里常年非雨即雪，大雾弥漫。加之受海拔5200多米的加瓦日峰的遮挡，这里很少能见到阳光。战士们风趣地将这里称为"山城雾都"。由于湿气重，被褥和衣裤晾晒困难，超过两成的官兵都患有关节炎和风湿病。

这里远离城镇，不通电、不通邮、不通电话，手机也没有信号，一到冬天大雪封山，官兵们便不得不过起与世隔绝的生活。在这样艰苦的条件下，连队干部时刻关心战士们的生活，与战士同甘共苦，整个连队亲如一家。为了让战士们的家人安心，连队干部每次到团部开会集训，都会与连队部分战士的家人通电话，报平安。返回连队时，还为大家捎回牙膏牙刷、信纸信封等日用品。一旦出现病号，连队干部更是关心备至。就在我到达连队的前几天，战士张树松在训练中受了伤，连队卫生员又处理不了。连队干部立即下山将营部的军医接上山。因为治疗及时，小张很快就痊愈了。战士戴荣、李敏家中遇到了困难，大家纷纷解囊相助。连队对战士的真情投入换来了战士们对连队的热爱和信赖。虽然这里条件艰苦，但战士们依然坚守，他们以连为家，视连队干部为兄长。指导员高云贵告诉我，去年爱人和孩子来连队探望他，由于高山反应强烈，母子俩在半路上就累倒了。几名战士硬是轮换着将他们背上了山，整整花了10个小时的时间。

虽然在旺东边防连只住了短短的四天，但边防官兵可歌可泣的戍边事迹却令我难以忘怀。我深切地感到，雪域边关是我们实践"三个代表"的最好课堂，边防官兵是我们改造世界的最好老师，边防军人的戍边业绩是我们净化心灵的最好教材。

弥足珍贵的代职锻炼经历

　　遵照中央关于年轻干部要到艰苦环境和重大斗争的第一线去经受锻炼和考验的指示精神和军委要求，总政治部2000年作出了选拔优秀年轻干部到艰苦地区部队代职锻炼的决定。2001年7月至2002年7月，我被分派到西藏军区，在林芝和山南两个军分区进行为期一年的代职锻炼。在西藏代职锻炼的这一年时间里，我开阔了视野，丰富了阅历，磨炼了意志，增长了领导才干，学到了许多东西。

　　从中原内陆到西南边陲，我对边防军人的崇高精神境界有了真切的认识。进藏代职之前，西藏对于我来说是非常陌生、遥远的。进藏之后，一方面领略了西藏高原的雄伟壮美和绮丽风光，另一方面真切感受到了雪域边关自然环境的艰苦与恶劣。同时也真正体会到了边防军人的无私、伟大和艰辛。在一些基层连队，战士们的生存环境相当恶劣，其艰苦程度是常人难以想象的。官兵们住的是吊脚楼式的木板房，喝的是山上融化的雪水，有的连队冬天连新鲜蔬菜都吃不上。许多连队不通电话，不通电，信和报纸得两三个月甚至更长的时间才能收到一次。有些不通公路的连队在大雪封山的季节，完全成了与世隔绝的孤岛。每当执行巡逻任务时，官兵们爬冰卧雪、风餐露宿，负重徒步行走几天几夜，到达边境线上的每一个山口，一些官兵为之付出了生命。总之，在高寒缺氧的环境中，驻藏官兵发扬传承了老一代驻藏部队的老西藏精神，以甘愿吃苦奉献的豪迈气概战天斗地。许多戍边多年的老边防在雪域边关一干就是几十年。新一代的边防军人继承了老一辈军人的优良传统，他们在卫国戍边的岗位上默默奉献着自己的青春年华，他们用自己的实际行动诠释了艰苦奋斗的本质和内涵。置身于军事斗争的前沿，耳闻目睹驻藏官兵的感人业绩，自己思想上有了许多新的认识和感受。一是对如何保持和发扬艰苦奋斗优良传统有了全新的认识。进藏代职锻炼之前，总觉得部队生活太艰苦。进藏后，与边防官兵相比，深感自己存在着不小的思想差距。与边防部队的生存环境相比，我之前所遇到的困难无疑是微不足道的。作为一名军人，无论身处什么样的环境，艰苦奋斗的传统是不能丢掉的。二是对西南边疆军事斗争的严峻形势有了全新的认识。代职锻炼期间，通过深入边境一线实地察看，我对国家周边的安全形势有了清醒的认识，增强了责任感和紧迫感。三是对党中央实施的西部大开发战略决策有了全新的认识。进藏之前，我对东西部的贫富差距以及边防的艰苦程度缺乏认识，真实地了解认识了西部和边防之后，深感中央西部大开发战略的无比英明，同时也看到了西部大开发给边防部队所带来的发展机遇。四是对新时期青年官兵的精神内涵有了全新的认识。

进藏之前，我认为现在的年轻战士大多数是独生子女，吃苦性差。通过一年来与边防官兵实行"五同"和思想交流，发觉他们与老一辈边防军人一样，同样能吃苦，同样经得起各种艰难困苦环境的考验，他们不愧为新一代最可爱的人。总之，与边防部队官兵相处的这一年，我的思想得到了洗礼，心灵得到了净化。

从主官到副职，我提高了围绕党委和主官的意图抓好具体工作的能力。代职锻炼之前，我曾在团和旅这两级担任过政委，没有任过副职的经历。过去我考虑更多的是如何发挥好副职的作用，而代职期间，则需要我摆正位置，切实当好主官的助手和参谋。在当好副职的问题上，我努力从两个方面去把握好角色。

一是积极主动地给主官当好参谋，多提建议。在代职期间，我端正心态，把自己真正当成班子中的一员，努力发挥主观能动性，积极参与到部队的各项工作中去。刚代职不久，分区党委让我负责院校毕业新学员的集训工作。在研究机关提出的集训方案时，针对新学员实际带兵能力弱的问题，我提出了自己的设想在内容设置上，要突出经常性的思想工作和经常性的管理工作；在集训方法上，可以安排一些优秀的基层干部现身说法。我的建议得到了军分区首长的肯定，从而增强了集训效果。代职期间，我下连队检查工作时发现，有些人武部弹药库存在安全漏洞和隐患，尽管我不是去检查安全工作的，但出于责任心，我当即向有关领导指出问题。回到分区后，我又及时将有关情况向分区领导做了汇报。2002年度新兵入伍后，在研究新兵教育方案时，我发现机关提出的新兵教育计划内容安排得不少，但主题不够鲜明、集中，根据自己与新兵座谈中了解到的情况，针对部分新兵入伍动机不够端正的问题，我提出新兵教育要紧紧围绕"当兵为什么"这一基本问题展开的建议，得到军分区领导和机关的赞同。之后，我又深入营、连，了解新兵的思想情况，逐个单位地给新兵授课，从而增强了新兵教育的针对性和有效性。我还在山南军分区边防二团蹲点了一个多月，发现该团基层建设中存在一些薄弱环节。回到军分区后，在下部队工作组汇报会上，我一开始存有顾虑，认为二团多年来一直是先进单位，自己只是一名代职干部，怕说问题不合适。但转而又想，发现问题不汇报，是一种对部队建设不负责任的失职行为。于是我客观地分析了蹲点单位的形势，并从领导工作的角度提出了加强基层建设的建议，得到了党委领导的认可。

二是认真负责地抓好分管的工作。自觉维护党委的集体领导，很重要的一条就是要认真贯彻党委集体领导下的首长分工负责制，积极准确地贯彻好主官的意图，抓好分管工作的落实。代职期间，我对党委和主官安排的工作，态度认真，并注意创造性地抓好落实。2001年在学习贯彻落实江泽民主席"七一"重要讲话的过程中，西藏军区要求团以上单位都要组成宣讲团，深入基层为官兵进行宣讲辅导。为此，军分区党委确定由我担任宣讲团团长，接受任务后我立即组织人员编写讲课提纲，并进行试讲。为使宣讲收到好的效果，我查阅了大量资料，加班加点撰写了宣讲提纲。针对基层官兵理论基础相对薄弱的特点，讲课中，我力求深入浅出、通俗易懂，最终我的宣讲受到了广大基层官兵的好评。美国对阿富汗发动战争后，西藏军区各边防部队均进入紧急战备状态。根据上级指示，军分区领导要前出至基层边防营、连，具体抓好边境的封控工作。分区决定由我率机关同志深入某边防营指导基层做好各项战备工作。该营防区的边境线长达170公里，全营分布在六个点上，点与点之间的交通状况极差。接到任务后，我逐点深入各连及前哨排。每到一处，我注意从抓战备教育，强化官兵战备观念入手。帮助指导基层落实各项战备制度，解决存在的问题，保证了战备期间封边控边任务的完成。2002年初部队开训上路时，分区党委分工我到一个问题较多的连队蹲点帮带。到连队后，我与连队干部、士官、党员逐一谈心，了解连队建设状况，帮助党支部分析产生问题的原因，总结经验教训，指导党支部制定了按纲建连的规划，重新鼓起了全连官兵争先创优的劲头。2002年，全国"两会"期间，为加强对部队安全稳定工作的领导，分区决定由我率工作组到某边防团蹲点。该团地处西藏错那县境内，海拔4300多米，是全军仅有的两个海拔超过4000米的团队之一。在该团蹲点的一个多月时间里，我逐个连队地检查工作，逐个连队地纠正问题。对一些重点部位我反复检查多次，确保了团队的安全稳定。

　　从舒适的内地到边远艰苦地区，我的意志和作风在戍边实践中得到了磨炼。西藏高寒缺氧，自然环境十分恶劣。在这样的环境中工作、生活，对人的生理、心理和意志品质无疑都是极好的磨炼。我在同批进藏代职锻炼的13名师团干部中，年龄是最大的，加之血压偏高，肠胃又不好，因而面临的考验就更为现实。刚一进藏，我便出现了胸闷、心慌、头痛等高原反应。走路、说话稍快一点儿都有气短的感觉。我暗暗告诫自己，既然是来接受锻炼的，就一定要战胜困难，不能退缩。正是在边防官兵的感召下，靠着一定要战胜困难的意志和信念，我终于战胜了最初的高原反应。2001年8月，我在深入边防熟悉部队的过程中，得知有一个不通公路的前哨排，紧靠麦克马洪线。当时，我就定下决心一定要去看望那里的边防官兵，营领导和随行的机关同志都劝我不要去了。但我还是踏上了那条通往前哨排的崎岖险峻、坡陡谷深的山路。就这样，我和随行的同志经过几个小时的辛苦跋涉，最终到达了那个前哨排。代职的一年里，类似这样的经历有过多次。2001年11月，我去某边防连给官兵宣讲辅导"七一"讲话，由于路况太差，车子在一个山谷里抛了锚。此时天色渐晚，为了完成此次宣讲任务，我和两名同志步行10多公里，及时赶到连队为官兵做了宣讲。当年老兵退伍时，我组织三个单位的退伍老兵从200多公里外的波密县赶至军分区集结，其间要翻越海拔5000米的色季拉雪山，还要经过一段称为"排龙天险"的大塌方区。为了确保途中安全，我和机关的同志在前面徒步带车，指挥、引导车队逐一通过。经过近3个多小时的艰苦努力，车队安全驶出10多公里长的危险地段。退伍老兵按时、顺利地抵达军分区。在西藏代职的一年时间里，我先后到过边防一线50余个连队和13个人武部，行程万余公里。

一年的代职锻炼虽然不算长，却是我人生中一段弥足珍贵的经历。从西藏回来后，有人问我，在西藏这样艰苦的地方待了一年是否值得，是否后悔。我套用一句歌词笑答，生命里有了雪域边关的历史，一辈子也不后悔。

庆幸自己此生能与西藏结缘，遥远而又神奇的西藏，永远是我心驰神往的地方。

后记

这是河南文艺出版社为我出版的第三部集子。第一部《读诗读书读中华》是一部古诗词鉴赏类的文集，第二部《大河观澜集》是一部以生态环境保护为话题的杂文集，而收录在《岁月回望集》这部集子中的文章，大体是一些类似散文风格的文稿。相较于之前杂文言论类文章，这本集子的内容无疑要略显轻松、明快一些。

内容虽说轻松，写作过程却一点儿也不轻松。之所以如此，是因为过去在部队和地方工作期间，写了几十年领导讲话、工作总结之类的官样文章，而散文写作于我而言则完全是一种学习和新的尝试。尽管每一篇写得都不轻松，但我还是想突破一下自己，于是以"咬定青山不放松"的精神，坚持不懈地撰写、积累了数十篇自认为是散文风格的文字。

散文素有"美文"之称。现在回过头再去审视一遍这部集子，其中的不少文章与"形散神聚、抒情性强、语言优美"的标准尚有不小的差距，尤其是一些篇什的语言表达还过于生硬、老套，甚至有"为赋新词强说愁"的感觉；文字还缺乏散文那样沁人心脾、清新明丽的艺术表现力和感染力。因此，集子的全部文稿于去年底整理完成后，我于今年上半年又做了进一步的修改润色。

尽管如此，我将这部文稿送出版社时，内心依然是十分忐忑不安的，甚至做好了被"枪毙"的思想准备。也许是因为出版社出于对我这样一位业余作者的鼓励与宽容，抑或是念及集子中的文章"面子"不够"美"但"里子"却很"正"的原因，也或许是因为文集中的绝大多数文章之前均被相关报刊采用过的缘故——由此责任编辑网开一面、手下留情，从而才使这部作品集得以枯木逢春，最终能与读者见面。

当然，我也清醒地认识到，集子能够出版发行，或许只是一次"中考"，真正的"大考"还在后面，那就是接受读者的评判。一本书的优劣，读者是最有发言权的。"后园择石尽成金"，我还是真诚地希望得到广大读者朋友的赐教和批评指正。果真如此，则善莫大焉，我当不胜感激。

最后补充一点，文集中相当一部分文稿写就于多年之前，因而许多篇什中提及的时间概念，均是以当初写作时的年份而设定的。谨此说明，以免读者阅读时产生时间年份上的错乱。

以上赘述，权作后记。

2019 年仲夏写于郑州